我们的心灵

我们的心灵

心灵的万千气象

毕淑敏 著

生活·讀書·新知 三联书店
生活書店 出版有限公司

序一

孟平的中国心与中国梦

毕淑敏在三联生活书店出版了一套心理散文，共分三册，套书的名称是“我们的心灵”。关于“心灵”，我更愿意用的词是“心理”，不过因为是文学作品的缘故，也就不必像学术论文那样严格了。

二十年前，毕淑敏是我的学生。那时，我从香港中文大学来到北京师范大学，先后开设了“心理咨询学硕士研修班”与“心理咨询学博士方向高级研修班”，毕淑敏是这两个课程的学生，一直用功学习。她跟我的其他学生一样，毕业后，大家的关系都从师生转为朋友。现在她出版了这套书，嘱我作序，我欣然答应。

内地的学生一直问我：“为什么放弃了香港优渥的物质条件，多年来在内地东奔西走，甚至到寒冷而干燥的中国北方，授课长达三年之久？”这一切要由我父亲说起啊。

父亲是留学生，学富五车，两袖清风；他高风亮节的操守，重视精神生活过于金钱物质的人生信念，一直为我们众子女所钦佩，是我生命中景仰至深的人。虽然我成长于殖民统治下的香港，却对中国人的民族身份坚定不疑，这不得不感谢父母亲的言传身教。

幼承庭训，我自小就对祖国内地的同胞、文物与文化有着一份说不出来的归属感。犹记得中学毕业那年，我参加了一个夏令营，在仰望星空、俯瞰大地时，蓦地领悟到自己的根在祖国，服务祖国同胞是我毕生须走的路，矢志不移。在殖民统治下生活，要跟同侪发展深层次的友谊，分享对国家民族的认同共鸣，委实不容易。我这个活跃的女孩子，虽然有着相当丰富的社群生活，但在这环上，却经常感到无比孤单；没想到这份孤单的感觉竟也如斯持久，挥之不去，一直延伸至成年，甚至往后相当长的一段日子。表面积极的个性，难掩我内心的郁结，我经常问自己：“在香港生活的年轻人，该怎样爱国呢？”某天，我在日记上给自己写下了答案：“年轻时努力求学，好好充实和发展自己。”没想到，这从此成为我的方向和目标。

为了圆我的中国梦，即或家庭经济情况不佳，我仍争取机会努力求学；就是这样，我以半工半读的形式，完成了中学师训课程和学位课程，并申领了奖学金负笈纽约，修读教育硕士（心理咨询）课程。

回到香港后，我很期望能在中学当心理咨询员。当时香港学校的心理咨询才刚起步，只有两三所学校设有学生心理咨询员一职。我有幸受聘在这样的一所中学，在教职以外，能同时兼任学生心理咨询工作。我很想陪伴我的学生同行。然而，我心里想着的青少年，不单是香港的，也有内地的。

在心理咨询的过程中，我有心无力的感觉日益强烈，于是，我积极争取进修的机会。1974年，我获得优厚的奖学金，可再度赴美，往伊利诺伊大学香槟分校修读心理咨询学博士课程。出发前，无数亲朋在我耳边叮咛："毕业后务必留在当地发展，结婚生子，落地生根啊！"然而，我晓得自己的根在哪儿，亦因此肯定自己必然会回来，不但回到香港，且会面向祖国内地而行。至亲好友都大惑不解，但也没阻止我，因为通过多年的观察，他们都很清楚，不管孟平身在何方，她的中国心依然是那么炽热，她的中国梦依然是那么真实。

1977年，我取得了博士学位。倘我当时选择留在美国，便可以拥有温馨的爱情，组织幸福的家庭，享受安稳富足的生活；但由于多年前已选定了方向和目标，纵然有不舍和眼泪，我还是坚持早前所作的决定，回归香港老家——我所爱和我成长的地方。

回到香港后，我晓得自己仍需要增强心理咨询的临床经验，故加入了“突破辅导”机构。虽然这是一个民办机构，在创设和推广心理咨询方面，却是香港的先锋。在“突破辅导”的几年，我获益良多，除了有机会实践心理咨询外，还能参与心理咨询学的课程设计与教学工作。基于香港社会对心理咨询需求的日趋逼切，“突破辅导”除跟一所大专院校合办硕士课程外，也因本身拥有三位博士学位同人之便，同时开设了一个半专业的心理咨询课程，努力培育人才。在当时的香港来说，这些创新课程，成效相当不错。

在“突破辅导”服务了四年后，我在1982年进入香港中文大学教育学院，主要是在教育心理学系工作。除培训教师外，也负责扩展和优化既有的心理咨询课程。自此，我便在心理咨询的学术和实践两方面同步发展，亦有较多机会跟内地学术界同人交流接触，也开始进入内地讲学和进行心理咨询培训。在我推广心理咨询的道路上，1996年和1997年是重要的转折点。在1996年秋，一位来自中山大学的教授到香港中文大学访学，在跟她紧密交流和讨论后，她大力推介我前赴内地做更深入的心理咨询培训。在香港中文大学教育学院给予的人力和物力的鼎力支持下，我的中国梦——在内地推广心理咨询培训，终于于1997年4月23日至5月8日，在武汉华中师范大学实践了。这次培训较我从前在内地所任教的短期课程更密集、更大型和更专业化，可视为中国心理咨询发展的里程碑。

课程是由香港中文大学教育学院的教育研究所主办，华中师范大学协办。大会为参加者——来自几十所重点高校心理咨询单位的一百五十名主管——提供了奖学金。令人兴奋的是，由于这类课程求过于供，另有二十位学员不惜自费参加。十五天的课程快要结束时，学员除高度肯定课程的成效外，还表示“人本心理咨询”为他们带来了震撼性的挑战，纷纷向自己院校的领导汇报，提出改善大学心理咨询人员素质，提高服务水平等具体意见；同时，他们还要求校方邀请我前去讲学。值得一提的是，他们纷纷承诺，日后会努力争取机会在心理咨询专业领域进修。他们果信守承诺。1999年，我到北京师范大学开办“心理咨询学博士方向高级研修班”时，惊讶地发现，申请者中竟有十多位是来自当年华中师范大学培训课程的学员；甄别后，有八位学员被录取，占了该班人数的三分之一。

在武汉课程进入尾声的某个晚上，我在凌晨三时许骤然醒来，便一直无法入睡。我跟自己说："林孟平，你还在等什么？你生命中的历史时刻不是已经来到了吗？"于是，一回到香港，我便立刻向香港中文大学申请了半年无薪假期，在1997年9月开始进入内地好几所大学进行短期义教。

甘肃兰州是我讲学的第一站。因为他们有几位曾参加武汉培训课程的教授跟我说，由于经济问题，他们是无法到沿海或大城市进修的。及后，从1997年9月中旬开始，我分别到过八个省市的重点高校或教育机构短期讲学，计有：兰州大学、四川大学、北京师范大学、上海市教育委员会、浙江省教育委员会、中山大学、复旦大学、中国社会科学院、中国人民大学等。我乐此不疲，因为我的中国梦正逐步实现。我没想到1997年12月回香港后，还有一个更大的意外惊喜在等待着我。

回到香港中文大学，打开信箱，我发现了一封来自美国纽约"亚联董"（亚洲基督教高等教育联合董事会）的信件。该机构提名我为1998年的“杰出亚洲学人”。提名的主要条件是要我离开本乡本土，到香港之外的大学任教一年，并给予一定经费支持。令我喜出望外的是，中国内地竟是其中一个可供我选择的地点。有了这个经济上的支持，我可安心上路；再者，有了“杰出亚洲学人”此国际荣誉，香港中文大学自然乐意放行。1998年3月，当我仍在构思内地行的具体安排时，北京师范大学的党委书记刚好到香港中文大学来，要物色专家学者前往北京协助优化大学的学生管理和心理咨询工作。在香港中文大学教育学院的院长推介下，北师大的党委书记跟我商谈了三个多小时。他离开前，笑意盈盈地对我说：“您就是这一年来我努力要寻找的人。”随后，他正式向香港中文大学提出，邀请我在1998年秋到北京去，开办全国第一个心理咨询学硕士课程。有党委书记的认同和全力支持，这个由北京师范大学、中国教育部高师培训部合办的“心理咨询学硕士研修班”顺利诞生了，招收了来自全国十九个省市的三十五名学生。我的中国心越来越炽烈，我的中国梦也越来越明晰。

1999年秋，北京师范大学校长和党委书记还决定与中国教育部高师培训部在2000年和2001年，联合举办中国第一个“心理咨询学博士方向高级研修班”。该班所录取的学员素质相当优秀，在来自国内十二个省市的二十五名学员中，具心理学博士学位者三人、博士生导师四人、教授六人，其余均为副教授和大学讲师。此课程是以科学实践模式为培训基础，理论与实践并重，注重心理咨询与社会文化的整合，以期在优化国民素质与心理咨询专业本土化等方面，作出积极的贡献。课程虽主要在北京上课，但为了促进学员认识“人本心理咨询”如何通过多元服务来回应需求，及在不同社群中的应用情况，在2001年春季课前，还特地安排了全体学员到香港中文大学出席“本土化心理咨询与治疗研讨会”。研讨会期间，学员除有机会参观香港各大学的心理咨询中心和事业发展中心外，还到访了十六个提供不同性质咨询服务的政府机构和民办机构，包括：青少年咨询，老年人服务，善终服务，青少年滥用药物，惩教服务，就业服务，防止自杀，戒毒，婚前与婚姻咨询等。学员们都很珍惜此次香港之行，因为实地考察了香港过去五十多年来，心理咨询人员在各领域的努力成果，不但拓宽了视野，还深化了认识。令我欣慰的是，他们莫不感到任重道远，承诺谨记我的嘱咐：跟硕士班的毕业同学携手合作，日后在中国大地上同心协力，努力不懈，注重心理咨询这一专业的学术研究，以及其实践的深化与优化，使个人、社会、国家能因此迈向健康与丰盛之路。

那些年间，我虽长驻北京，但基于香港中文大学对雇员的要求，仍要每半年回到香港。虽席不暇暖，但内心却有说不尽的感恩。这么多年来，我的内地之行一直都是孤身上路，许多朋友均百思不解，不约而同地问我，到底是什么支撑着我这小女子。毋庸思索，我莞尔一笑答道："是我的中国心和中国梦！"

走笔至此，想起当初到香港中文大学任教时，我强烈感受到的那股加在教学人员身上的，令人无法逃避的沉重压力。我在短时间内，就要做出一个影响自己学术前途的决定：学术研究的发表和文献写作应该用中文，还是英文？入职两个月后，我决定除非出席的是国际学术研讨会，我的著作与学术论文一律用中文发表，因为我的服务对象是中国人，我的主要读者群也是中国人。在行内人看来，这一做法无疑是铤而走险，甚至连职位也难保，十分不智。然而，想不到我竟一而再地顺利通过校方的严格考绩要求——我的其中两部作品，更备受学者重视，被评为“最具本土色彩的心理咨询论述”，除了有很高的销量外，也常在学术论文中被广泛引述。在惊涛骇浪的大学教学生涯中，我不断感恩，知道所走的路虽然孤单，却走对了。

本准备在2003年跟香港中文大学商讨放弃教席，全职到内地教学，结束周旋于内地和香港两地的奔波劳累生涯。奈何在2001年，我已身心俱败，中西群医均束手无策，说是五痨七伤所致，无法短期根治。在家人与友人力劝下，我不得不向自己的臭皮囊低头，暂时放下在内地的服务，留港安静休养、反思、等候……

我会用以下一个真实个案来结束这篇序言。1957年俄罗斯(当时的苏联)在太空科学上的一次超前，给美国政府带来了极大震撼。美国在审视该次竞争失败的因由时，教育成为了检讨的一个重点。回应检讨的结果，美国政府遂在第二年推出了“国防教育计划”(National Defence Education Act)；此计划适切地为当时学者专家正致力的心理咨询事业注入了强心针，带来了一次大跃进，且成为美国教育史上学校心理咨询的界石。无怪乎许多国家一直致力从事教育和心理咨询，因为事实告诉我们：心理咨询不但能有效地回应国民的个人需要，且能回应国家的需要。“心理咨询乃教育生命力所在，并国家富强之关键”，信然。

阔别祖国内地，几近二十年了，但我的中国心依然炽热，我的中国梦仍一直萦绕脑际……

林孟平

2019年4月10日　香港

序 二

非序之序——序非序

感恩生命中有这一段缘，让我有幸在退休之年还能和毕淑敏一起师从林孟平教授学习心理辅导。老师魂牵梦绕、情真意笃的“中国梦”感染着我；对生命的热爱、敬畏与尊重的人本理念滋养着我；独特新颖、与众不同的教学方法吸引着我，我感觉到自己内在的智慧被源源不断地引发出来，有一种破茧而出的兴奋。在北师大的这三年，对我来说，与其说是学习心理辅导的知识与技能，倒不如说是一次重要的生命蜕变历程。

“辅导是生命的流露”“辅导员有幸进入另一个人生命的深处，这是一种福祉”“辅导员自己是带进辅导关系中的重要资源”，老师的话撞击着我、滋润着我、激励着我、指引着我。对从事助人行业的我来说，越来越明白不断地认识自己，努力活出真我，行如所愿，知行合一，让生命绽放绚烂的光彩，是我余生要做的最重要的事情。

三年的学习，我的字典里出现的高频词是“成长”。成长是一个经历痛苦的过程，也是一个体验幸福的过程。课堂上别开生面的教学，有时刀光剑影，有时温婉柔顺；有时开怀大笑，有时静默深思。对于在震撼、感动之余还有许多疑惑的我来说，除了享受老师的心理盛宴外，还特别地期盼课后老师与我们二人（我与毕淑敏）的“共餐”，此情此景至今不能忘怀。还记得北师大东门口一家名为“红叶”的日式小餐馆是我们常去用餐的地方，安静，食物也还可口。短短一个多小时的用餐中，我们大多是针对当日课堂上的教与学各抒己见，提问、答疑、交流、探讨……有时“一不小心”还把自己给搭进去，老师一旦发现“蛛丝马迹”当然不会放过，此时此地的“抚摸生命”让我终身受益。在探讨中，毕淑敏剖析问题独到犀利，直指痛处，切中要害，常常让我耳目一新，时而被震撼，时而被感动，时而顿觉清晰，时而陷入混乱，有时一顿饭吃得确实并不轻松，但很丰足！反思，觉察，领悟，提升，改变，成长！那种感觉真的好享受！感恩上苍对我如此厚爱，让我有如此特别的学习经历和成长体验！为此，毕淑敏常戏说我应为此付出双倍的学费。

人生无常，每个生命在一生中都会遇到坎坷曲折，经历痛苦折磨。正当我醉心于心理辅导，在助人的行列中尽一己之力时，“乳腺癌，立即住院手术治疗”的诊断书如晴天霹雳，在我毫无准备的情况下把我的生活全搅乱了，整个人懵了，晕了……

永远不会忘记，老师在得知消息的第二天就乘坐最早的航班赶来杭州空军疗养院，毕淑敏停下对她来说生命中最重要的“笔”在我面对化疗痛苦折磨时来到我身边，有什么药可以与此时有声的和无声的陪伴、爱抚、鼓励、支持相比！特殊时期的特别的辅导！多么强大的力量，多么有力的支持！有这么强大的支持系统（当然还有我挚爱的先生、家人、同学、同事、亲朋、好友），我没有任何理由不让自己好起来。从怀疑、否定、愤怒到接受、臣服、共处，从此我经过淬炼的生命中少了许多的“应该”，多了不少的“自在”，紧裹的绷带舒解了，我活得更放松、更自由、更开放了。深感一个有更多生命本性绽露、属于自己的独特人生值得欣赏、珍惜、敬畏，值得倍加爱护！感恩这场疾病带给我的学习与成长，感恩上苍对我的眷顾与厚爱！

借毕淑敏的“我们的心灵”出版之机，说一点自己成长的切身体会来表达对心理辅导学的热爱及对老师、挚友的感恩。心理辅导学是一门能让人觉醒、让内心茁壮成长、让生命更加鲜活灿烂的学问！毕淑敏在这套集子里，借文学的语言和咨询的实践，阐述独到的见解和深刻的领悟，定能让读者受益。愿每一个生命都灿烂，每一个人都活得神采奕奕、深感生命之美好！

黄淑真

2018年10月31日　杭州

目 录

三千岁的我/4

你究竟说了些什么？/8

失眠失恋，究竟你失去了什么？/22

穿宝蓝绸衣的女子/36

我忏悔，因为我的身材/44

任何成瘾都是灾难/54

你可以永不原谅我/62

为什么很多优秀女子都抱怨找不到合适伴侣？/66

一桌烹饪了二十一天的菜/76

最重的咨询者/86

速递来的喜糖/96

怨恨还是快乐，这是一个问题/110

喜欢长发和一见钟情的男生／124

温暖的荆棘／134

冰雪篱笆／146

婚姻在差异中成长／156

我的恋爱为什么总是无疾而终？／162

玫瑰花盛开在不同的字典里／170

倾听，是你的魅力／178

坦言：心灵的力量／186

分裂是一种双重标准／194

幸福感的来源是什么？／202

你为什么而活着？／210

接受和自己不同的人生状态／220

三千岁的我

我用四年的时间，完成了心理学的硕士和博士方向的课程。又和几位同学一起开办了一家心理咨询中心，前后运行了几年时光。

因为前来咨询的人太多，我时常感到一种分身乏术的苦恼。有的人从春等到秋，还没有轮到他就诊。有一位女子对负责预约的工作人员说：我和我爱人已经决定离婚了，我们都不甘心，最后约定，一定要到毕淑敏心理咨询中心请她看一看，看看我们的婚姻还有没有救。如果她也没办法了，我们就死心塌地地分手吧。如果她还能挽救我们的婚姻，我们会一起做最后的努力。现在，我们已经等了几个月了，从叶子发芽到叶子落下，请问：我们还要等多久？什么时候才能轮到？你们的登记顺序能够保证足够的公平吗？会不会有人加塞儿？……

当工作人员把这样的话转述给我的时候，我表面镇静，其实双肩绷紧，背部发烫，从身体到心理，感到了难以言表的压力。

我决定暂且从临床心理医生的岗位上退下，专心致志地写作。写一些有关心理学普及方面的小册子，希望能在这种分享中，和更多的人交流心得。比如那对就要离婚的年轻人，既然他们在分手之前，还愿意拿出长久的时间，来等待一个外人对他们的婚姻再做挽救的工作，我相信在他们的内心深处，对这份姻缘都还葆有最后的珍惜。他们可能也很茫然，不知道是如何走到了分手的这一步，缺乏自我疗治的能量。假如我的小册子，在他们的婚姻彻底崩塌之前，未雨绸缪地提示一点点注意事项和方法，是不是也是一种支援？

我绝大部分时间是坐在一张米黄色的沙发上倾听人们的故事，夜深人静书写记录的余暇，抚摸着沙发粗糙的皮面和光滑的腿，犹如触摸一个神圣的魂魄。倘若沙发有知，在浸泡过如此多的人间麻辣酸苦之后，每一寸皮革都已通灵。如果沙发此刻张口说话，为我指点迷津，我一点儿都不讶然。众多人间女子丰沛的感情和妖娆的智慧，已将一件普通的家具，滋养入了仙班。

有一伙记者曾经问我：在推开过如此多女人的心扉之后，您最大的感受是什么？

答：我已变得太老太老。

记者说：那您到底有多么老呢？老到什么程度了呢？

我估摸了一下说：大致有三千岁了吧。

看到记者脸上露出的惊骇之色，我知道这个数字吓住了他们。想想看，一个活过了三千春秋的老妇人，该是怎样的鹤发鸡皮形同鬼魅啊！

为了安抚记者的恐惧，我赶紧说：你如果觉得三千年太可怕了，就改成五百年吧。

我觉得自己慷慨大方，一下子就删削掉了六分之五的沧桑年华，记者们总该魂魄归位安之若素了吧？

那天采访的不止一家媒体，经由不同的手书写发表出来，有的说毕淑敏自称已经三千岁高龄了，也有的说毕淑敏说自己五百岁了。数字差距这样大，很多人以为我已语无伦次。

一个个的女人把她们生命中的喜怒哀乐慷慨地赠予我，齐心协力地拓展了我生命的广博和深度，在这个意义上，我必须深切地感谢她们。

三千岁也好，五百岁也罢，都是一种夸张，约略等于“白发三千丈”“雪花大如席”，玩笑话。

终于，决定选择一种安全的方式，说出曾经的秘密。

你究竟说了些什么？

某天，一位朋友给我打电话，说：你到哪里去了？我找得你好苦啊！因为是很要好的朋友，我也和她开玩笑说：你是不是要请我吃饭啊？我欣然前往。她着急地说：吃饭有什么难啊，事成之后，我一定大宴于你。只是我们现在要把事情做完，每拖延一天损失就大一天。

我听出她语气中的急迫，也就收敛起调侃，问，到底出了什么事？

她不容置疑地说：我要请你做心理咨询。我松了一口气，说：你要做心理咨询，这很好啊，看来大家是越来越重视自己的心理健康了。只是我们是朋友关系，我不能给你做心理咨询。我会为你介绍一位很好的心理咨询师，由她给你做。

朋友说：这个病人不是我，是我的一位同事的亲戚的朋友的孩子。说实话，我并不认识这个病人，和我也没有多密切的关系，人家信任我，我才来穿针引线。

我说：你真是古道热肠，拐了这么多的弯，还把你急成这样。给你个小小的纠正，来做心理咨询的人不是病人，我们通常称他们来访者。

朋友说：这有什么很大的不同吗？叫病人比较顺嘴。

我说：很多人来做心理咨询，并不是因为有了心理疾病，而是寻求更好的发展潜能和更亲密的人际关系。

朋友说：但我说的这个孩子确确实实是病了。当然不是身体上的病，他的身体棒得能参加奥运会，但却不肯去上学。再有两个月就要高考了，这是多么关键的时刻，可他说不上就不上了，谁劝也没用。一家人急得爸爸要跳楼妈妈要上吊，他却无动于衷，整天把自己关在屋里玩电脑，任谁都不见。家里人急着要找心理医生，但这个孩子主意太大了，根本就不答应去。后来，他家里人找到我，让我跟你联系。那孩子说如果是毕淑敏亲自接待他，他就来咨询。现在总算联系上了，你万不能推托。你什么时候有时间呢？让他父母带着他来见你……

我一边听着朋友的述说，一边查看工作日程表。最近的每一个时段都安排得满满的，只有七天后的傍晚有一小时的空闲。

我把这个时间段告知了朋友，请她问问那位中学生届时有没有空。

朋友大包大揽道，只要你能抽出时间，那边还有什么好说的？他们一定会来的。

我很严肃地对她说：请你一定把我的原话传过去。首先要再次确认那位中学生是自己愿意来谈谈他的想法，而不是被父母强迫而来的。第二征询那个时间对他合不合适。如果他有重要的事情，我们还可以再约另外的时间。第三句话就不必传了，只和你有关。

朋友说：前两句我都会原汁原味地传达到。只是这第三句话是什么，我很想知道，怎么把我这个穿针引线的人也包括进去了？

我说：第三句话就是，你的任务就到此为止了。因为这种特殊的就诊方式，你已经卷入了开头部分。关于进展和结尾，恕我保密。你若是好奇或因为其他原因追问我下文，我会拒绝回答。到时候，请你不要生气。不是我拿糖不理睬你，友情归友情，工作是工作，保密是原则问题，祈请见谅。

朋友说：好，我把你的话传到就算使命完成，我会尊重你们的工作规定。

一周后的傍晚，一对衣着光鲜的夫妻押着儿子来了。我之所以用了“押”这个字，是因为夫妇俩一左一右贴身守候那个高大的年轻人，好像怕犯人逃跑的衙役。年轻人走进咨询室的时候，他俩也想一并挤入。

接待人员递给我咨询表格，轻声对他们说：你们并不是整个家庭接受咨询。

年轻人说：对，这是我一个人的事。说完懒懒散散走进了咨询室，一屁股坐在沙发上，目光直率地打量着我。我也打量着他。

他叫阿伦，身高大约一米八三，双脚不是像旁人那样安稳地依着沙发腿放置，而是笔直地伸出去，运动鞋像两只肮脏的小船翘在地板当央。他身上和头发里发出浓烈的龌龊汗气，让人疑心置身于一家小饭馆的烂鸡毛和果皮堆的混合物旁。我抑制住反胃的感觉，不动声色地等着他。

你为什么不先说话？他很有几分挑衅地开始了。

我说：为什么我要先说话呢？这里是心理咨询室，是你来找的我，当然需要你先说出理由了。

他突然就笑了，露出很整齐但却一点儿也不白的牙齿说：你说得也有几分道理啊。不过，是他们要我来见你的。

我问，他们是谁？

阿伦歪了歪鼻子，用鼻尖点向候诊室的方向。在墙的那一边，走动着他焦灼不安的父母。

我表示明白他的所指，把话题荡开，问道：你好像比他们的个子都要高？

他好像受到了莫大的夸奖，说：是啊。我比他们都高。

我说：力气好像也要比他们大啊？

阿伦很肯定地点头说：那是当然啦！我在三年前，掰腕子就可以胜过我父亲了。

我把话题一转：如果你不愿意来，你的父母是无法强迫你到心理咨询师这里来的。

阿伦愣了一下，说：对。我是自愿的。

我说：既然你是自愿来的，那你有什么问题要讨论呢？

阿伦说：我其实没有问题。是他们觉得我有问题。我不过是上上网，玩玩电子游戏，有什么了不起的？

我不想跟阿伦在到底是谁有问题的问题上争执不休。因为第一次咨询的任务，最主要是咨询师要和来访者建立起良好的关系，培养起信任感并了解情况。我说：你一天上网的时间是多少呢？他说：大约十八个小时吧。

我无法掩饰自己的惊讶，问道：那你何时吃饭何时睡觉呢？阿伦说：饿了就吃，一顿饭大约用三分钟。实在熬不住了，就睡，每次睡十五分钟再起来战斗。我发现人一天睡五个小时就足够了，说睡八个小时那是农耕时代的懒惰。

我说：首先恭喜你……

我的话还没有说完，就被阿伦打断了：您不是在说反话吧?

我很惊奇地反问他，你从哪里觉得我是在说反话呢?

阿伦说：所有的人知道我这样的作息时间之后，都说我鬼迷心窍，哪能一天只睡五小时呢?

我说：我要恭喜你的也正是这一点。因为通常人需要每天睡眠八小时，如果你进行了正常的工作学习而只需要五小时睡眠就能恢复精力，这当然是值得庆贺的事情。每天能节约出三小时，一辈子就能节约出若干岁月，你要比别人富余出很多时间呢，当然可喜可贺。

阿伦点点头，看来相信我说的是真心话。我紧接着问道，那你何时上学做功课呢?

阿伦皱起眉头说：您是真不知道还是假装不知道呢？我已经整整二十八天不去上学了。

我发现当他说到二十八天这个时长的时候，眼睫毛低垂了下去。我说：看来，你还是非常在意上学这件事的。

他立刻抗议道，谁说的？我再也不想回到学校了，那是我的伤心之地。

我说：你连每一天都计算得这样清楚，当然是重视了。只是我不知道，在二十八天以前，发生了什么重大的事情，让你做出了不再上学的决定，直到今天还这样愤怒伤感。

阿伦很警觉地说：您到学校调查过我了？

这回轮到我笑起来说：你真高估了我。你以为我是克格勃？我哪有那个本事！

阿伦还是放不下他的戒心，说：那您怎么知道二十八天以前发生过什么重大的事情？

我收起笑容说：能让你这么一个身高体壮、智力发达、反应灵敏的年轻人做出不上学的决定，当然是一件重大的事情啦！

阿伦说：您猜得不错。二十八天之前，正好是我们模拟报高考志愿的时候。我看到发下来的报名表，想也没想就填上了“清华大学”。当然了，我的成绩距离上清华还有很大的差距，但我想，距离考试还有几个月的时间，谁说我就不能创造出点儿奇迹呢？再有，气可鼓而不可泄呢，这也是兵法中常常教导我们的策略嘛！

没想到代课老师走到我面前，斜了一眼我的志愿说，就你这德行也想报清华，你以为清华是自由市场啊？

那天正好我们的班主任因病没来，要是班主任在，也许就不会出事了。这位代课老师因为我有一次打篮球没看见她，忘了问好，就记了我的仇。

我说：怎么啦，清华就不能报了？

老师说：也不看看自己的成色，别给学校丢人了，这样的报考单送到区里做摸底统计，人家不说你不知天高地厚，反倒说是老师没教会你量力而行……

如果老师单单说到这里就停止，我也就忍气吞声了。学校里，老师挖苦学生是司空见惯的事，我们都麻木了，我低下了头。老师不依不饶，她撇着嘴说：就凭你这样的人若能为校争光，那我就大头朝下横着走！

听到这里，我忍不住插话道，这位老师如此伤害你的自尊心，我听了很生气。

阿伦没理我，自顾自说下去。

不知为什么，老师这句话强烈地刺激了我，一想起面目可憎的老师能像个螃蟹似的，头抵着地在地上爬行，我就不由自主地哈哈大笑起来。老师摸不着头脑，但是能感觉到我的笑声和她有关，就厉声命令我不要笑。但我依旧大笑不止，她束手无策。那天我笑得天昏地暗，从学校一直笑回了家，闹得父母很吃惊，以为我考了一百分。

我走火入魔似的陷入了这种想象之中，但是要让老师真的趴在地上，是有条件的，我必得为校争光。真能考上清华吗？我没有这个把握，若是考不上，岂不验证了老师对我的评判？我就滋生了放弃高考的念头。一场考试，如果我根本就没有参加，就像武林高手不曾刀光剑影华山论剑，你就无法说谁就是武林第一。但是放弃了高考，我用什么来证明自己呢？我想到了网络游戏……

说到这里，阿伦抬起头，问道：您玩网络游戏吗？

我老老实实地回答：不玩。我老眼昏花的，根本就反应不过来。

阿伦同情加惋惜地叹口气说：那您也一定不知道魔兽、部落、联盟这些术语了？

我说：真的很遗憾，我不知道，但我很想向你学习。

我说的是真心话。既然我的来访者是这方面的高手，既然他沉迷于网络不能自拔，我当然要向他请教，我要走入他的世界，我要感同身受地体验到他的快乐和迷惘，我必须要了解到第一手的资料和他的感受。

阿伦说：那我就要向您进行一番普及教育了。他说着，有点儿似信非信地看着我。

我马上双手抱拳，很恭敬地说：阿老师，请你收下我这个学生。只是我年纪大了，脑瓜也不大好使，还请老师耐心细致地讲解，不要嫌弃我笨。如果有不明白的地方，我会提出来，也请老师深入浅出地回答。

他快活地笑起来，说：我一定会耐心传授的。说完，就一本正经地向我解释起经典游戏的玩法。我非常认真地听他讲授，重要的地方还做个笔记。说实话，专心致志的劲头，只有当年在医学院做学生听教授讲课的时候才有。

交流平稳地推进着，离结束只有十分钟时间了。按照咨询的惯例，我要进入“包扎”阶段。也许在不同的流派里，对于这段时间的掌握和命名各有不同，但我还是很喜欢用“包扎”这个术语。咨询的过程，在某种程度上就是打开了来访者的创伤，当来访者离去之前，一个负责任的心理咨询师要把这伤口消毒与缝合，让来访者在走出咨询室的时候，不再流血和呻吟。心理创伤和生理创伤一样，陈年旧疾和深在的刀口，都不是一朝一夕可以愈合如初的。心理咨询师要有足够的耐性和准备，第一次咨询主要是建立起真诚的信任关系和了解情况，其余的工作来日方长。

我说：谢谢你如此精彩的讲解，现在，我对网络游戏有了一些了解。

阿伦轻快地笑起来，说：能和您这样谈话，真是很愉快啊。我还要再告诉您一个重要的秘密，我就要代表中国和韩国的选手比赛了，如果我们赢了，那就真是为国争光了！

我伸出手来祝贺他说：你在游戏中充满了爱国精神。

他紧紧地握住了我的手，说：您说的是真心话吗？

我说：当然，你可以使劲儿握住我的手，你可以感觉到我的手的力量。如果我是假的，我会退缩。

阿伦真的握住了我的手，我感觉到他的手在轻轻地发抖。

分手的时间到了，我对阿伦说：谢谢你对我的信任，告知我那么多的知心话，我会为你保守秘密的，也谢谢你耐心地为我这样一个游戏盲讲解游戏，让我对此有了一定的了解。我希望在下个星期的这个时间能够看到你来，咱们还要讨论为国争光的问题呢！

阿伦脸上的神色突然变得让人捉摸不透。他对我说：原谅我下周的这个时间不能到您这里来了。

我尊重阿伦的意见，因为如果来访者自己不愿意咨询了，无论咨询师多么有信心也无法继续施行帮助计划了。

我表示理解地点点头。

阿伦突然扬起了眉毛，说：下个星期的这个时候，我想我是在学校上晚自习吧？您知道，毕业班的功课是非常吃紧的。

我大吃一惊。说实话，在整个咨询过程里，不曾探讨上课的事，我认为时机未到。

阿伦是个无比聪明的孩子，他看出了我的困惑，说：我知道爸爸妈妈领我来的意思，谢谢您没有说过一句让我回去上课的话。在来的路上我就想好了，如果您也千篇一律地劝我的话，我会扭头就走。谢谢您，什么也没说。您向我讨教游戏的玩法，我很感动。从小到大，还没有一个成年人如此虚心地向我求教过，这样耐心地听我说话。还有，您最后祝愿我为国争光，我非常高兴，您终于理解我的不上学，其实只是想证明自己是有能力做一些事情，并且是能做好的。对了，您还表示了对那个老师的愤慨，让我觉得很开心，觉得自己不再孤独和愚蠢……现在，我不需要再用网络游戏来证明什么给那个老师看了，我要回到书本中去。我知道这也是您希望的，只是没有说出来罢了。

我们紧紧握手，这一次，他的手掌都是汗水，但不再抖动。

过了暑假，那位朋友跟我说：你用了什么法子，让那个网络成瘾的孩子改邪归正的？他的父母非常感谢你，因为他考上了重点大学，真是考出了最好的成绩呢！他们想请你吃饭，邀我作陪。

我说：咱们可是有言在先的，我不能向你透露任何相关的信息，也不能赴宴。如果你馋虫作怪，我来请你吃饭好了。

朋友说：我看他们感谢你还不是最主要的目的，主要是想探听出你究竟跟他们的儿子说了点儿什么，能有这么大的功效！

我说：那一天，我说得很少，阿伦说得很多。其余的，无可奉告。

失眠失恋，究竟你失去了什么？

一个身材高大的男青年倚在一个瘦弱的女子身上，踉踉跄跄地走进心理咨询中心。工作人员以为他患了重病，忙说：我们这里主要是解决心理问题的，如果是身体上的病，您还得到专科医院去看。女子搀扶着男青年坐在沙发上，气喘吁吁地说：他叫瞿杰，是我弟弟。我们刚从专科医院出来，从头发梢到脚后跟，检查了个底儿掉，什么毛病都没查出来。可他就是睡不着觉，连着十天了，每天二十四小时，什么时候看他，他都睁着眼，死盯着天花板，任啥话也不说。各种安眠药都试过了，丝毫用处都没有。再这样下去，就算什么病也不沾，人也会活活熬死。专科医院的大夫也没辙了，让我们来做心理咨询。求求你们伸出援手，救救我弟弟吧!

姐姐涕泗交流，瞿杰仿佛木乃伊，空洞的目光凝视着墙上的一个油墨点，无声无息。

瞿杰进了咨询室，双手托着头，眉锁一线，表情十分痛苦。

我说：睡不着觉的滋味非常难受，医学家研究过，一个人如果连续一周不睡觉，精神就会崩溃，离死亡就不远了。

你以为是我不愿意睡觉吗？你以为一个人想睡就睡

得着吗？你以为我失眠是我的责任吗？你以为我就不知道人总是睡不着觉就会死的吗？！瞿杰突然咆哮起来，用拳头使劲击打着墙壁，因为过分用力，他的指节先是变得惨白，继而充血发暗，好像箍着紫铜的指环。

我平静地看着他，并不拦阻。他需要一个发泄，虽然我暂时还不知道导致他失眠和强烈情绪的原因是什么，但他能够如此激烈表达情绪，较之默默不语就是一个进步。燃烧的怒火比闷在心里的阴霾发酵成邪恶的能量，好过千倍。至于他把怒火转嫁到我身上，我一点儿也不生气。虽然他的手指指点的是我，唾沫星子几乎溅到我脸上，指名道姓用的是“你”，似乎我就是令他肝胆俱碎的仇家，但我知道，这是情绪的宣泄和转移，并非和咨询师个人不共戴天。

一番歇斯底里的发作之后，瞿杰稍微安静了一点儿。我说：你如此憎恨失眠，一定希望能早早逃脱失眠的魔爪。

他转动一下黯淡无光的眼珠子说：这还用你说吗？！

我说：那咱们俩就是一条战壕的战友了，我也不希望失眠害死你。

瞿杰说：失眠是一个人的事情，你就是愿意帮助我，又有什么用？！

我说：我可以帮你找找原因啊。

瞿杰抬起头，挑衅地说：好啊，你既然说要帮我，那你就说说我失眠到底是什么原因吧！

我又好气又好笑，说：你失眠的原因只有你自己知道，你要是不愿意说，谁都束手无策。要知道，失眠的是你而不是我。你若是找不到原因，或是找到了原因也不说，把那个原因像个宝贝似的藏在心里，那它就真的成了一个魔鬼，为非作歹地害你，直到害死你，别人也爱莫能助，无法帮到你。

瞿杰苦恼万分地说：不是我不说，是我真的不知道为什么失眠。

我说：你失眠多长时间了？

瞿杰说：十天。

我说：在失眠的时候，你想些什么？

瞿杰说：什么都不想。

我说：人的脑海是十分活跃的，只要我们不在睡眠当中，我们就会有很多想法。你说你失眠却好像什么都不想，这很可能是因为有一件事让你非常痛苦，你不敢去想。

瞿杰有片刻挺直了身子，马上又委顿下去，说：你是有两下子，比那些透视的X光、共振的核磁什么的要高明一点儿。它们不知道我脑子里想的是什么，你猜到了。我承认你说得对，是有一件事发生过……我不愿意再去想它，我要逃开，我要躲避。我只有命令自己不想，但是，大脑不是一个好的士兵，它不服从命令，你越说不想它越要想，这件事就像河里的死尸，不停地浮现出来。我只有一个笨办法，就是用其他的事来打岔，飞快地从一件事逃到另外一件事，好像疯狂蔓延的水草，就能把死尸遮挡住了。这法子刚开始还有用，后来水草泛滥成灾，死尸是看不到了，但脑子无法停顿，各种各样的念头在翻滚缠绕，我没有一时一刻能够得到安宁，好像是什么都在想，又像是什么都不想，一片空白……说到这里，他开始用力捶击脑袋，发出空面袋子般的噗噗声。

我表面上镇静，心里还是有点儿担心，怕这种针对自我的暴力弄伤了他的身体，做好了随时干预的准备。过了一会儿，他打累了，停下来，呼呼喘着粗气。我说：你对抗失眠的办法就是驱动自己不停地想其他的事情，以逃避那件事情。结果是脑子进入了高速旋转的状态，再也停不下来。你现在能告诉我那件让你如此痛苦不堪的事情究竟是什么吗?

他迟疑着，说：我不能说。那是一个妖精，我好不容易才用五花八门的事情把它挡在门外，你让我说，岂不是又把它召回来了吗?

我说：我很能理解你的恐惧，也相信你让自己的大脑，不停地从一个问题跳到另外一个问题，用飞速旋转抗拒恐怖。在最初的阶段，这个没有法子的法子，在短时间内帮助过你，让你暂时与痛苦隔绝。但是，随着时间的延续，这个以折磨取胜的法子渐渐失灵了。你变得疲惫不堪，脑子也没办法进行正常的思维和休息，你就进入了混乱和崩溃，这个法子最终伤害了你……

瞿杰好像把这番话听了进去，用手撕扯着头发。我不想把气氛搞得太压抑，就开了个玩笑说：依我看啊，你是饮鸩止渴。

瞿杰好奇地问：鸩是什么?渴是什么?

我说：渴就是你所遭遇到的那件可怕的事情。鸩就是你的应对方法。如今看来，渴还没能把你搞垮，鸩就要让你崩溃了。渴是要止住的，只是不能靠饮鸩。我们能不能再寻找更有效的法子呢?况且直到现在，你还那么害怕这件事卷土重来，说明渴并没有真正远离你，鸩并没有真正地救了你。如果把这个可怕的事件比作一只野兽，它正潜伏在你的门外，伺机夺门而入，最终吞噬你。

瞿杰的身体直往后退缩，好像要逃避那只野兽。我握住他的手，给他一点儿力量。他渐渐把身体挺直，若有所思地说：您的意思是我们只有把野兽杀死，才能脱离苦海，而不是只靠点起火把敲响瓶瓶罐罐地把它赶走？

我说：瞿杰你说得非常对。现在，你能告诉我那只让你非常恐惧的野兽是什么吗？

瞿杰又开始迟疑，沉默了漫长的时间。我耐心地等待着他。我知道这种看起来的沉默，像表面波澜不惊的深潭，但水面下风云变幻，正进行着激烈的思想斗争——说还是不说？

终于，瞿杰张开了嘴巴，舔着干燥的嘴唇说：我……失……恋了。

原本我以为让一个英俊青年如此痛不欲生的理由，一定惊世骇俗，不想却是十分常见的失恋，一时觉得小题大做。但我很快调整了自己的思绪，认真回应他的痛楚。心理问题就是这样奇妙，事无大小，全在一心感受。任何事件都可能导致当事人极端的困惑和苦恼，咨询师不能一厢情愿地把某些事看得重于泰山，而轻视另外一些事情，以为轻若鸿毛。唯有当事人的情绪和感受，才是最重要的风向标。

我点点头，说：谢谢你对我的信任。失恋的确是令人深感惨痛的事情，有时候足以让我们颠覆、怀疑整个世界。

瞿杰说：我没有把这件事告诉任何人。

我说：你不说，一定有你不说的理由。瞿杰说：没想到你这样理解我。你知道我为什么不说吗?

我老老实实地回答：不知道。如果你告诉了我，我就知道了。

瞿杰说：你看我条件如何?

我说：你指的条件包括哪些方面的呢?

瞿杰说：就是谈恋爱的条件啊。

我说：每一代人都有每一代人的条件，我的眼光可能比较古旧了，说得不对供你参考。依我看来，你的条件不错啊。

瞿杰第一次露出了笑容说：岂止是不错，简直就是优等啊。你看我，一米八三的高个，校篮球队的中锋，卡拉OK拿过名次，功课也不错，而且家境也很好，连结婚用的房子家里都提前准备了……

我说：万事俱备只欠东风了。

瞿杰说：是啊，这个东风就是一位女朋友。

我说：你的女朋友究竟是一个怎样的人呢？

瞿杰说：人们都以为我的女朋友一定是有倾国倾城貌的淑女，不敢说一定门当户对，起码也是小家碧玉……可我就是让大家大跌眼镜，我的女朋友条件很差，长得丑，皮肤黑，个子矮，家里也很穷，但很有个性……得知我和她交朋友，家里非常反对，我说：我就是喜欢她，如果你们不认这个媳妇，我就不认你们。话说到这个份儿上，家里也只好默许了。总之，所有的人都不看好我的选择，但我义无反顾地爱她。可是，没想到，她却在十一天前对我说：她不爱我了，她爱上了另外一个人……我以前听说过天塌地陷这个词，觉得太夸张了，就算地震可以让土地裂缝，天是绝对不会塌下来的，但是在那一瞬，我真正明白了什么是乾坤颠倒、地动山摇。我被一个这样丑陋的女人抛弃了，她找到的另外一个男人和我相比，简直就是一堆垃圾，不不，说垃圾都是抬举了他，完全是臭狗屎！

瞿杰义愤填膺，脸上写满了不屑和鄙夷，还有深深的沮丧和绝望。

事情总算搞清楚了，瞿杰其实是被这种比较打垮了。我说：这件事的意义对于你来说，并不仅仅是失恋，更是一种失败和耻辱。

瞿杰大叫起来：你说得对，就像八国联军入侵，我没放一枪一炮就一败涂地丧权辱国。如果说我被一个绝色美女抛弃了，我不会这么懊丧。如果说我被一个高干的女儿或是富商家的小姐甩了，我也不会这么愤慨。或者说啦，如果她看上的是一个美男、帅哥、大款、爵爷什么的，我也能咽下这口气，再不干脆嫁了个离休军长，我也认了……可您不知道那个男生有多么差，我就想不通我为什么会败在这样一个人渣手里，我冤枉啊……

看到瞿杰把心里话都一股脑儿地倾倒出来，我觉得这是很好的进展。我说：我能体会到你深入骨髓的创伤，其实你最想不通的还不是失恋，是在这样的比较中你为什么一败涂地、溃不成军！

瞿杰愣了一下，说：你的意思是说我的痛苦不是失恋引起的？

我说：表面上看起来，是失恋让你痛不欲生。但是刚才你说了，如果你的前女友找的是一个条件比你好的男生，你不会这么难过。或者说如果你的前女友自身的条件要是更好一些，你也不会这样伤心。所以，我要说，你的失败感和失恋有关，但更和其他一些因素有关。

瞿杰若有所思道：你这样一讲，好像也有一点儿道理。但是，如果没有失恋，这一切都不会发生啊。

我说：如果没有失恋，也许不会这样集中地爆发出来，但是恕我直言，你是不是经常在和别人的比较当中过日子？

瞿杰说：那当然了。如果没有比较，你怎么能知道自己的价值？

我说：瞿杰，这可能就是问题的关键所在了。其实，一个人的价值并不在和别人的比较之中，而是在自己的掌握之中。就拿你自己来当例子，你和十一天以前的你，有什么大的变化吗？

瞿杰说：除了睡不好觉，体重减轻、头发掉了一些之外，似乎并没有其他的变化。

我说：对啊，那么，你对自己的评价有什么变化吗？

瞿杰说：当然有了。比如我觉得自己不出色、不优秀、不招人喜爱、前途黯淡了……

我说：你的篮球还打得那样好吗？

瞿杰不解地说：当然啦。只是我这几天没有打篮球，如果打，一定还是那样好。

我又说：你的歌唱得还好吗？

瞿杰说：这个没有问题。只是我现在没有心思唱歌。如果唱哀伤的歌儿，也许比以前唱得还好呢。

我接着说：你的学习成绩怎样呢？

瞿杰好像明白了一些，说：还是很好啊。

我最后说：你的个头怎样呢？

瞿杰难得地笑出声来，说：您可真逗，就算我几天几夜不吃饭不睡觉，分量上减轻点儿，骨头也不会抽抽啊。

我趁热打铁说：对呀，你还是那个你，只是这其中发生了失恋，一个女生做出了她自己的选择……我们还不完全知道她是因为什么做出这样的决定，但你只有接受和尊重这个决定，这是她的自由。两个相爱的人因为种种原因不能走到一起，固然是一件令人伤感的事情，但感情的事情是不能勉强的。世上无数的人经受过失恋，但从此一蹶不振、跌倒了就爬不起来的人毕竟有限。瞿杰，我看你面对的并不是担心自己以后找不到女朋友，而是更深在的忧虑。

瞿杰说：您说得太对了。寝室的男友知道我失恋的事，总是说：你的条件这样好，还怕找不到好姑娘吗？别这么失魂落魄的，看哥们下午就给你介绍一个漂亮姑娘。他们不知道我心里的苦，并不是担心自己以后找不到老婆，而是想不通为什么会被人行使了否决权，我觉得自己在人格上输光了血本。

我说：瞿杰，谢谢你这样勇敢地剖析了自己的内心，失恋只不过是个导火索，它点燃的是你对自己评价的全面失守，你认为女友的离开是地狱之门，从此你人生黑暗。你看到她的新男友，觉得自己连一个这样的人都不如，就灰心丧气全盘否定了自己。

在长久的静默之后，瞿杰的脸上渐渐现出了光彩，他喃喃地说：其实我并没有失败？

我说：失恋这件事也许已成定局，但是人生并不仅仅是爱情，还有很多重要的事情在等待着你。再说，就是在爱情方面，你也不必绝望，依然有得到纯美爱情的可能性啊。

瞿杰深深地点头，说：从此我不会再从别人的瞳孔中寻找对我的评价，我会直面失恋这件事情……

瞿杰还是被姐姐扶着走出咨询中心的。他的眼睛因为极度的困倦已经睁不开，靠在姐姐肩头险些睡着。大约一个半小时之后，工作人员说瞿杰的姐姐打电话找我。我以为瞿杰有了什么新情况，赶紧接过电话。

瞿杰的姐姐说：我带着瞿杰，现在还在出租车上。

我说：你们家这么远啊？

瞿姐姐说：车已经从我们家门口路过好几次了。

我说：那你们为什么像大禹治水一样，路过家门而不入？

瞿姐姐说：瞿杰一坐上出租汽车马上就进入了深深的睡眠，睡得香极了，还说梦话，说：我不灰心，我不怕……睡得口水都流出来了，好像一个甜甜的婴儿。这些天他睡不着觉非常痛苦，看到他好不容易睡着了，我不敢打扰他，就让出租车一直在街上兜圈子，绕了一圈又一圈，车费都快二百块钱了。我怕一旦把他喊起来，又进入无法成眠的苦海。可他越睡越深沉，没有一点儿醒来的意思，我也不能一直让车拉着他在街上跑。我想问问您，如果把他喊醒下车回家，他会不会一醒过来就又睡不着觉了？我好害怕呀！

我说：不必担心，你就喊醒他下车回家吧。如果他还睡不着觉，就请他再来。

瞿杰再也没有来。

穿宝蓝绸衣的女子

在咨询室米黄色的沙发上，安坐着一位美丽的女性。她上身穿着宝蓝色的真丝绣花V领上衣，衣襟上的一枚鹅黄水晶的水仙花状胸针熠熠发亮，下着一条乳白色的宽松长裤，仿若有一种古典的恬静花香弥散出来。服饰反射着心灵的波光，常常从来访者的衣着中就可窥到他（她）内心的律动。但对这位女性，我着实有些摸不着头脑。她似乎是很能控制自己的情绪，安宁而胸有成竹，但眼神中有些很激烈的精神碎屑在闪烁。她为何而来？

您一定想不出我有什么问题。她轻轻地开了口。

我点点头。是的，我猜不出。心理医生是人不是神。我耐心地等待着她。我相信她来到我这儿，不是为了给我出个谜语来玩。她看我不搭话，就接着说下去：我心理挺正常的，说真的，我周围的人有了思想问题都找我呢！大伙儿都说我是半个心理医生。我看过很多心理学的书，对自己也有了解。

她说到这儿，很注意地看着我。我点点头，表示相信她所说的一切。是的，我知道有很多这样的年轻人，他们渴望了解自己也愿意帮助别人。但心理医生要经过严格的系统训练，并非只是看书就可以达到水准的。

我知道我基本上算是一个正常人，在某些人的眼中，我简直就是成功者。有一份薪水很高的工作，有一个爱我、我也爱的老公，还有房子和车。基本上也算是快活的，可是，我不满足。我有一个问题——就是怎样才能做到外柔内刚？

我说：我看出你很苦恼，期望着改变。能把你的情况说得更详尽一些吗？有时，具体就是深入，细节就是症结。

宝蓝绸衣的女子说：我读过很多时尚杂志，知道怎样颔首微笑怎样举手投足。你看我这举止打扮，是不是很淑女？我说：是啊。

宝蓝绸衣女子说：可是这只是我的假象。在我的内心，涌动着激烈的怒火。我看到办公室内的尔虞我诈，先是极力隐忍。我想，我要用自己的善良和大度感染大家，用自己的微笑消弭裂痕。刚开始我收到了一定的成效，大家都说我是办公室的一缕春风。可惜时间长了，春风先是变成了秋风，后来干脆成了西北风。我再也保持不了淑女的风范，开业务会，我会因为不同意见而勃然大怒，对我看不惯的人和事猛烈攻击，有的时候还会把矛头直接指向我的顶头上司，甚至直接顶撞老板。出外办事也是一样，人家都以为我是一个弱女子，但没想到我一出口，就像上了膛的机关枪，横扫一气。如果我始终是这样也就罢了，干脆永远地怒目金刚也不失为一种风格。但是，每次发过脾气之后，我都会飞快地进入后悔的阶段，我仿佛被鬼魂附体，在那个特定的时辰就不是我了，而是另一个披着我的淑女之皮的人。我不喜欢她，可她又确确实实是我的一部分。

看得出这番叙述让她堕入了苦恼的渊薮，眼圈都红了。我递给她一张面巾纸，她把柔柔的纸平铺在脸上，并不像常人那般上下一通揩擦，而是很细致地在眼圈和面颊上按了按，怕毁了自己精致的妆容。待她恢复平静后，我说：那么你理想中的外柔内刚是怎样的呢？

宝蓝绸衣女子一下子活泼起来，说我给你讲个故事吧：那时我在国外，看到一家饭店冤枉了一位印度女子，明明道理在她这边，可饭店就是诬她偷拿了某个贵重的台灯，要罚她的款。大庭广众之下，众目睽睽的，非常尴尬。要是我，哼，必得据理力争，大吵大闹，逼他们拿出证据，否则绝不甘休。那位女子身着艳丽的纱丽，长发披肩，不愠不火，在整个两个小时的征伐中，脸上始终挂着温婉的笑容，但是在原则问题上却是丝毫不让。面对咄咄逼人的饭店侍卫的围攻，她不急不恼，连语音的分贝都没有丝毫的提高，她不曾从自己的立场上退让一分，也没有一个小动作丧失了风范，头发丝的每一次拂动都合乎礼仪。

那种表面上水波不兴、骨子里铮铮作响的风度，真是太有魅力啦！宝蓝绸衣的女子的眼神充满了神往。

我说：我明白你的意思了，你很想具备这种收放自如的本领。该硬的时候坚如磐石，该软的时候绵若无骨。

她说：正是。我想了很多办法，真可谓机关算尽，可我还是做不到。最多只能做到外表看起来好像很镇静，其实内心躁动不安。

我说：当你有了什么不满意的时候，是不是很爱压抑着自己？宝蓝绸衣女子说：那当然了。什么叫老练？什么叫城府？指的就是这些啊。人小的时候天天盼着长大，长大的标准是什么？这不就是长大嘛！人小的时候，高兴啊懊恼啊，都写在脸上，这就是幼稚，是缺乏社会经验。当我们一天天成长起来，就学会了察言观色，学会了人前只说三分话，未可全抛一片心。风行社会的礼仪礼貌，更是把人包裹起来。我就是按着这个框子修炼的，可到了后来，我天天压抑着自己的真实情感，变成一个面具。

我说：你说的这种苦恼我也深深地体验过。在阐述自己观点的时候，在和别人争辩的时候，当被领导误解的时候，当自己一番好意却被当成驴肝肺的时候，往往就火冒三丈，也顾不得平日克制而出的彬彬有礼了，也记不得保持风范了，一下子义愤填膺，嗓门也大了，脸也红了。

听我这么一说，宝蓝绸衣的女子笑起来说：原来世上也有同病相怜的人，我一下子心里好过了许多。只是后来您改变了吗?

我说：我尝试着改变。情绪是一点一滴积累起来的，我不再认为隐藏自己真实的感受，是一项值得夸赞的本领。当然了，成人不能像小孩子那样，把所有的喜怒哀乐都写在脸上，但我们的真实感受是我们到底是一个怎样的人的组成部分。如果我们爱自己，承认自己是有价值的，我们就有勇气接纳自己的真实情感，而不是笼统地把它们隐藏起来。一个小孩子是不懂得掩饰自己的内心的，所以有个褒义词叫作“赤子之心”。当人渐渐长大，在社会化的过程中，学会把一部分情感埋在心中，在成长的同时，也不幸失去了和内心的接触。时间长了，有的人以为凡是表达情感就是软弱，要把情感隐蔽起来，这实在是人的一个悲剧。

我们的情感，很多时候是由我们的价值观和本能综合形成的。压抑情感就是压抑了我们心底的呼声。中国古代就知道，治水不能“堵”，只能疏导。对情绪也是一样，单纯地遮蔽只能让情绪在暗处像野火的灰烬一样，无声地蔓延，在一个意想不到的地方猛地蹿出凶猛的火苗。这个道理想通之后，我开始尊重自己的情绪，如果我发觉自己生气了，我不再单纯地否认自己的怒气，不再认为发怒是一件不体面的事情，也不再竭力用其他的事件分散自己的注意力。因为发自内心的愤怒在未被释放的情况下，是不会像露水一样无声无息地渗透到地下销声匿迹，它们潜伏在我们心灵的一角，悄悄地发酵，膨胀着自己的体积，积攒着自己的压力，在某一个瞬间，就毫不留情地爆发出来。

如果我发觉自己生气了，就会很重视内心感受，我会问自己：我为什么而生气？找到原因之后，我会认真地对待自己的情绪，找到疏导和释放的最好方法，再不让它们有长大的机会。举个小例子，有一段时间我一听到东北人说话的声音心中就烦，经常和东北人发生摩擦，不单在单位里，就是在公共汽车上或是商场里，也会和东北籍的乘客或是售货员争吵。终于有一天，我决定清扫自己这种恶劣的情绪。我挖开自己记忆的坟墓，抖出往事的尸骸。那还是我在西藏当兵的时候，一个东北人莫名其妙地把我骂了一顿，反驳的话就堵在我的喉咙口，但一想到自己是个小女兵，他是老兵，我该尊重和服从，吵架是很幼稚而不体面的表现，就硬憋着一言不发。那愤怒累积着，在几十年中变成了不可理喻的仇恨，后来竟到了只要听到东北口音就过敏反感，非要吵闹才可平息心中的阻塞。造成了很多不必要的误会。

我把我的故事对宝蓝绸衣的女子讲完了，她说：哦，我有了一些启发。外柔内刚的柔只是表象，只是技术，单纯地学习淑女风范，可以解决一时，却不能保证永远。这种皮毛的技巧，弄巧成拙也许会使积聚的情绪无法宣泄，引起某种场合的失控。外柔需要内刚做基础，而内刚不是从天上掉下来的，是靠自我的不断探索。

我说：你讲得真好，咱们都要继续修炼，当我们内心平和而坚定的时候，再有了一定的表达技巧，就可以外柔内刚了。

我忏悔，因为我的身材

女人们对待自己的感情经历，大体上可分为三种。一种是讲，逢人就讲，对熟悉她和不很熟悉她的人，甚至车船旅途中的萍客，都可倾诉。一种是不讲，埋得很深，不少人把它像一种致命的病菌一样，带进坟墓。第三种是通常不讲，但在某一特别的场合和时间下，会对人讲。那种时刻，如果我恰巧成为听众的话，常常生出感动。因为我知道，此时一定有什么特别的情形，痛切地触动了她的内心。我也要感激她对我的信任和这一份特别的缘分。

那一夜，月亮非常亮。据说是六十多年来，月亮最亮的一个晚上。女孩对我说：

我是师范院校的学生。读师范的女生，基本上都是家境贫寒的，长相通常也不很好。这样说，我的女同学们，可能会不服气，但我说的是实话，包括我自己，相貌平平。大约读大二的时候，我们就可以做家教了。其实那时，我们和普通大学生所上的课，并没有大的区别，还没学到教学教法什么的，也不一定就能当好如今独生子女的小先生。师范院校的牌子挺能唬人的，再说我们也特需要钱来补贴。所以，同学们就自己组织起家教“一条龙”服务，每天派出代表，在大街上支个桌子，上书“家教”两字，等着上门求助的家长，接了活儿后再分给大家。谁领到了活儿，会从自己的收入当中，抽一部分给守株待兔的同学——我们称他们为“教提”。

有一天，教提对我说：给你分一个大款的女儿，你教不教？我说：钱多不多？他说：官价。我说：你还不跟大款讲讲价？他苦笑着说：讲了，不成，人家门儿清。我说：好吧，官价就官价。他说：那明天下午四点，范先生驾车到大门接你。

第二天，我提前五分钟到了学校门口。没人。我正好把自己的服装最后检视一遍。牛仔裤，白T恤——挺得体的，既朴素又充满了活力，而且这是我最好的衣服了。

下午四点整，一辆我叫不出来名字的红跑车飞驰而来，停在我面前，一位潇洒的中年男人含笑问道：你是黎小姐吗？

我姓李，他讲话有口音。我也就不计较了，点点头。我说：您是范先生吗？他说：正是。咱们接上头了，快请上车吧，我女儿正在家等你呢。

我上了车，坐在他身边，车风驰电掣地跑起来。我从来没有坐过如此豪华的车，那感觉真是好极了。他的技术非常娴熟，身上散发着清爽的烟草和皮革混合的气味，好像是猎人加渔夫。总之，很男人。

他一边开车一边说：女儿的英语基础不是很好，尤其是胆小，不敢会话。口语的声音弱极了，希望我不要在意。我的目光注视着窗外飞速闪动的街景，不停地点头……心想，同样的建筑，你挤在公共汽车上看，和坐在这样高贵的车里看，感受竟有那么大的差别啊。

很快到了一片“高尚”住宅区。（我对这个词挺不以为然的，住宅也不是品质，凭什么分高尚和卑下呢？）在一栋欧式小楼面前停下，他为我打开车门时说：我的女儿英语考试成绩每提高一分，我就奖给你一百块钱。

我迷茫地问他：你女儿的英语成绩，和我有何相干呢？我是来教历史的。

那一瞬，我们大眼瞪小眼。然后异口同声地说：对不起，错了。他赶紧带上我，驱车重回校门口，接上那位教英语的黎同学回家，而我找到已经等得很不耐烦的范先生。

说实话，那天我对范先生的女儿很是心不在焉。这位范先生虽说也是殷实人家，但哪能与那一位范先生相比呢？我心里称那位先入为主的为——范一先生。

晚上，我失眠了。范一先生的味道，总在我的鼻孔边萦绕。我想，住在那栋小楼里的女人，该是怎样的福气呢？不过，想来素质也不是怎样的好吧？不然，她的女儿为什么那么胆小？要是我有这样的先生和家业，会多么的幸福啊……

想归想。这年纪的女生，谁没有一脑子的幻想呢？天一亮，我就恢复正常了，谁叫咱是灰姑娘呢！下午四点之前，我又到了校门口，范二先生说好了再来接我。可能是因为头天迟到的缘故，我到得格外早。

走近校门，我的心咚咚跳起来——又看到了那辆非凡的红色跑车。我悄悄站在一旁，因为和我没关系。他是来接英语系的黎同学的，这很好理解。

没想到，那辆红跑车，如水鸟一样无声地滑到了我面前，范一先生温柔地笑着说：李小姐，你好。

我说：您到得很早啊。

范一说：昨天我正点到时，你已经到了。所以我想你今天还会到得早，果然不错。我喜欢守时的人，咱们走吧。

他说着，打开了车门。

我说：范先生，昨天错了。

他笑笑说：昨天错了，今天就不能再错。我已将黎同学炒了，重新雇用你。

我很吃惊，说：你怎么会知道今天我们能见面？

他说：不要这么惊奇。你惊奇的样子，可爱极了。对于一个商人来说，这点信息有什么难呢？历史系，一个姓氏和“黎”近似的有着魔鬼身材的女生，现正做着家教……就这样啊。

我扶着车门说：我不是英语系的。

他说：你的大学只要是考上的，就可以教我女儿的英语……上车吧，我女儿已经在等了。

在车上，所有昨天的感觉都复活了。正当我沉浸在速度的快感之中时，范一先生打断了我的美好感受。他说：看来你对自己太不在意了。

我说：此话怎么讲？

他说：你穿着和昨天一模一样的衣服。有你这样魔鬼身材的女孩，应该善待自己才是。

我说：一个穷学生，是无法善待自己的。

他说：我也当过穷学生，你的处境我能体会。但是，别忘了，你有资源啊。

我说：我有什么资源啊？芸芸众生而已。

他说：你的身材非常好，我昨天一眼就被吸引了。

一个人，长相好，其实相对来讲比较容易。一张脸，才有多大的面积？比例匀称不算难。就是有些小的瑕疵，比如眼睛不够大，鼻梁不够挺直，做做整容也不难，巴掌大的地方，就那么几组零件，好安排。可一个人的身材，波及全身所有的结构，头颅过大过小都不成，脖子不长不行，脊柱要挺拔，胸腰的比例要适宜，腿更是重中之重，要是短了，纵使闭月羞花也白搭……你呢，刚刚好，所有的搭配都天造地设，你要懂得珍惜啊。而且我提醒你，女性的身材，是很脆弱的结构。上了年纪，就不一样了。锻炼出来的，节食出来的，和天然的，是不一样的……好了，我们到了。

又是那座小洋楼，但我无心观赏它的精致了。我的心被范一先生的逻辑催动，变得不安分了。这就像一个穷人，守着自己的几亩薄田苦熬。有一天，突然有人对你说：你田里长的那些草，都是人参啊。你还能心平气和吗？

不过，那天我还是抖擞起精神，辅导范一先生的女儿。我对女主人的羡慕和嫉妒，都不存在了。这是一个没有女主人的家庭，因此那女孩十分孤独内向。她的英语其实不是很差，只是因为不敢说，成绩才糟。

范一对我很满意，约定以后天天接我来做家教。我说：都是这辆车吗?

他说：你很在意这辆车吗?

我说：不是在意，是它美丽。

他说：我能理解。美丽的东西，人们都想和它在一起。好吧，即使我不能来，我也会派我的司机，开着这辆车来。

我和范一先生的女儿交了朋友，她的胆子渐渐大起来。嘴一敢张开，成绩就突飞猛进。

校门口每天准时出现的红色跑车，让我大出风头。有时候下午有课，我就编谎话请假，总之从未误了范一那边。期末，那女孩的英语成绩提高了二十五分，范一递给了我两千五百块钱。

我就接过来了。心安理得。

后来，他开始给我买衣服，我不要，他说：我是不忍暴殄天物啊。我就收了……直到有一天，他很神秘地拿出一个纸袋，说是托人特地从国外带回来的时装，送给我。那套衣服漂亮得让人心酸，让人觉得自己以前穿过的都是垃圾。

你能今天在我家就把这套衣服穿起来，让我看看吗？你知道，我也很爱美丽的东西啊。范一说。

我本不想答应，但我怕范一不高兴。工钱和奖金，都是我必需的，还有这套华贵的衣服。

我把卫生间里面门上的小疙瘩按死，开始换衣服。正当我把旧衣服脱下，新衣服还没上身的时候，门无声无息地开了。

我想看看自己的眼光，对你的三围的估计准不准。范一说。

我呼救反抗……偌大的房间里，只有我们两人，女孩到同学家去了。暴行之后，范一扔下一笔钱，说：我是很公平的。你们做家教，是按小时收钱，明码标价。我也是。你的每一公分胸围，我付一笔钱。你的腰围比臀围每少一公分，我付一笔钱。我可以告诉你，我从来没有给过任何一个小姐这么多的钱。你真是魔鬼身材啊。

我很想到公安局告他，可我怕舆论。每天招摇的红跑车，让我气馁。我也很想把钱扔到他脸上，然后扬长而去。那是电影里常常出现的镜头，但是，我做不到。我缺钱。我已经付出了高昂的代价，我要为自己保存一点物质补偿。

我想，一个人是不是记得住那些惨痛的教训，不在于片刻的决绝，更在于深刻的反省吧。

我再也没有见过范一。有时候，在镜子面前欣赏自己优美的身材的时候，我会想起范一的话。我承认这是一种资源，但是，所有的资源，都需要保护。越是美好的资源，越要珍惜。女人，最该捍卫的，不就是我们的尊严吗?!

在明月的照耀下，我看到她脸上的清泪。

任何成瘾都是灾难

有个年轻人，名叫安澜。他说自己干什么都会成瘾。我要详细了解情况，就说：请打个比方。他说：我上学的时候，就对网络成瘾。那时候，我每天起码有五个小时要趴在网上，网友遍布全世界。

我插嘴道：全世界？真够广泛的。

安澜说：是啊。人们都说上网对学习有影响，可那时我的英文水平突飞猛进。因为要和国外的网友聊天，你要是英文不利索，人家就不理你了。

我说：一天五个小时，你还是学生，要保证正常的上课，哪里来的这么多时间啊？

安澜说：很简单，压缩睡眠。我每天只睡五个小时。我有单独的房间，电脑就在床边。我每天做完作业后先睡下，四个小时之后，准时就醒了，一骨碌爬起来就上网，神不知鬼不觉的，到了天快亮的时候，再睡一小时回笼觉。爸爸妈妈叫我起床的时候，我正睡得香甜。很长时间，家里人看我白天萎靡不振的，都以为是上学累的，殊不知我的睡眠是个包子，外面包的皮是睡觉，里面裹的馅就是上网。

我说：青少年正是长身体的时候，你这样睡眠不足，是要出大问题的。

安澜说：还真让你说对了。后来，我就得了肾炎。因为不能久坐，我只好缩减了上网的时间。我休了学，急性期过了以后，医生建议我开始缓和的室外活动，慢慢地增加体力。我就到郊外或是公园散步。一个人在外面闲逛，就是风景再美丽，空气再新鲜，也有腻的时候。我爸说：要不给你买个照相机吧，一边走一边拍照，就不觉得烦了。家里先是给我买了个数码的傻瓜相机。果然，照相让人觉得时间过得很快，一只狗正在撒尿，一只猫正在龇牙咧嘴地向另外一只猫挑衅，都成了我的摄影素材。白天照了相，晚上就在电脑上回放，自己又开心一回。很快，这种简陋的卡片机，就不能满足我的愿望了。我开始让家里人给我买好的机子，买各式各样的镜头……把自己认为好的照片放大。城周围的景物照烦了，就到更远的地方去，我又迷上了旅游。后来我爸说：我这是豪华型患病，花在照相和旅游上的钱，比吃药贵多了。不管怎么样，我的病渐渐地好了。因为错过了高考，我就上了一所职业学校，学市场营销。毕业以后，我到了一家玩具公司。玩具这个东西，利润是很大的，只要你营销搞得好，拿比例提成，收入很可观。这时候，因为时间有限，到远处旅游和照相，变得难以实现，我就迷上了请客吃饭……

我虽然知道咨询师在这时应该保持足够的耐心倾听，还是不由自主地小声重复——迷上了请客吃饭？

说句实话，我见过各种上瘾的症状，要说请客吃饭上瘾，还真是第一次碰上。

安澜说：是啊。我喜欢请客时那种向别人发出邀请，别人受宠若惊的感觉。喜欢挑选餐馆，拿着点菜单一页页翻过时的那种运筹帷幄的感觉，好像点将台上的将军。尤其是喜欢最后结账时，一掷千金舍我其谁的豪爽感。

我思忖着说：你为这些感觉付出的代价一定很高昂。

安澜垂头丧气地说：谁说不是呢？去年底，我拿到了七万块钱的奖励提成，结果还没过完春节，就都花完了。我可给北京的餐饮业做出了杰出的贡献。最近，我们又要发季度提成了，我真怕这笔钱到了我的手里，很快就烟消灰灭。而且，酒肉朋友们散去之后，我摸着空空的钱包，觉得非常孤单。可是下一次，我又会重蹈覆辙，不能自拔。我爸和我妈提议让我来看心理医生，说我这个人，爱上什么都没节制，很可怕。将来要是谈上女朋友也这样上瘾，今天一个明天一个，就变成流氓了。我自己也挺苦恼的，一个人，要是总这样管不住自己，也干不成大事啊。您能告诉我一个好方法吗？

我说：安澜，我知道你现在很焦虑，好方法咱们来一起找找看。你能告诉我像上网啊，摄影啊，旅游啊，请人吃饭啊这些活动，带给你的最初的感觉是什么吗？

安澜说：当然是快乐啦！

我说：让咱们假设一下，如果在那个时候，来了位医生抽一点儿你的血，化验一下你的血液成分，你觉得会怎么样？

安澜困惑地吐了一下舌头，说：估计很疼吧？结果是怎样的，就不知道了。

我说：抽血有一点儿疼，不过很快就会过去。我以前当过很久的医生。对化验这方面有一点儿心得。当人们在快乐的时候，内分泌会有一种物质产生，叫作内啡肽。

安澜很感兴趣，说：您告诉我是哪几个字？

我在一张纸上写下了“内啡肽”几个字。

安澜仔细端详着，说：这个“啡”字，就是咖啡的“啡”吗？

我说：正是。咖啡也有一定的兴奋作用。

安澜说：您的意思是说，每当我进入那些让我上瘾的活动的时候，我身体里都会分泌出内啡肽吗？

我说：安澜，你很聪明，的确是这样的。内啡肽让我们有一种不知疲劳、忘却忧愁、精神焕发的感觉。这在短期内当然是很令人振奋的，但长久下去，身体就会吃不消。这就是很多上了网瘾的人，最后变成茶饭不思、精神萎靡不振、体重大减、面黄肌瘦的原因啊。而且，因为人上瘾时，对其他的事情不管不顾，考虑问题很不理性，就会出现严重的后果。这也就是你在请人吃完饭之后，精神十分空虚的症结。有的人工作成瘾，就成了工作狂；有的人盗窃成瘾，就成了罪犯；有的人飞车成瘾，就成了飙车一族；有的人权力成瘾，就成了独裁者……

安澜说：这样看来，内啡肽是个很坏的东西了。

我说：也不能这样一概而论。人体分泌出来的东西，都是有用的。比如当你跑马拉松的时候，只要冲过了身体那个拐点，因为体内开始有内啡肽的分泌，你就不觉得辛苦，反倒会有一种越跑越有劲儿的感觉。比如有的科学家埋头科学实验，为了整个人类的发展做出了卓越贡献，在那种非常艰难困苦的条件下能够坚持下来，他的内啡肽也功不可没啊！

安澜说：听您这样一讲，我反倒有点儿糊涂了。

我说：任何事情都要有节制。比如，温暖的火苗在严冬是个好东西，可要是把你放到火上烤，结果就很不妙。如果你不想变成烤羊肉串，就得赶快躲开。再有，在干燥的沙漠里，泉水是个好东西，但要是发了洪水，让人面临灭顶之灾，那就成了祸害。对于身体的内分泌激素，我们也要学会驾驭。这说起来很难，其实，我们一直在经受这种训练。比如你肚子饿了，经过一个烧饼摊，虽然烤得焦黄的烧饼让你垂涎欲滴，但是如果你没买下烧饼，你就不能抢上一个烧饼下肚。如果你看到一个美丽的姑娘，虽然你的性激素开始分泌，你也不能上去就拥抱人家。所以，学会控制自己的内啡肽，也是成长的必修课之一啊。

听到这里，安澜若有所思地拿起那张纸，看了又看，说：这个内啡肽的“啡”字，和吗啡的“啡”字，也是同一个字。

我说：安澜，你看得很细，说得也很正确。成瘾这件事，最可怕的是毒品成瘾。吗啡和内啡肽有着某种相似的结构，当有些人靠着毒品达到快乐的时候，他们就步入一个深渊。这就更要提高警惕了。当然了，网瘾和毒品成瘾还是有一定的区别。不过，一个人要身体健康和心理健康，对所有那些令我们成瘾的事物，都要提高控制力，要有节制。

那天告辞的时候，安澜说：我记住了，任何成瘾都是灾难。

你可以永不原谅我

内心的慈悲和善念，安详澄澈，那是抵达天堂的云梯。

我没有爬上过天堂，我爬过冈底斯山。那是一座至今没有被人征服过的高山，外形像一座巨大的金字塔。在佛教中，冈底斯是一座圣山，是众多神和小须弥山的所在。

我在西藏阿里当兵，酷寒之中的攀登雪山，让我生出几乎自戕的念头。爬山时手脚并用，仰面呼吸，若有丝毫大意，就会长眠在雪山上，成为冰雕。

冈底斯山的确非常美，美到让人不敢喘息。那里就是天堂吗？我不知道。但我想，我们每个人都可以在心中修筑善念，那就是我们的天堂。

太年轻的时候，充满惆怅。那时候的我，常常有不合实际的幻想，自高自大。总觉得应该有什么天大的好事，降落在自己头上。总觉得应该有法力无边的贵人，为我遮风挡雨指点迷津。

后来，我知道了人应该立足于自我，勤勤恳恳地努力，不必抱怨。摆在面前的苦难，也是上苍让你补充能量的小点心，笑纳就是。

我经常会接到很多来信，多半是年轻人所写，很恳切，希望得到帮助。帮助化成具体的要求——希望得到金钱，希望得到推荐，希望能给他或她介绍一份体面而报酬丰厚的工作。

一个农村女孩在信中说：我是专门买了一本油印的名人花名册，才找到了你的地址。花了我十元钱，那是一笔不小的开支啊。那么多的名人，我为什么单单挑中了你，给你写信？因为我在电视上见过你，觉得你很面善。希望你不要辜负我的信任。我已经给你写了三封信，都没有退回来，可见那个地址是对的。你为什么不给我回信呢？你不愿意帮助我吗？我天天都在等着你寄给我的钱，或是让我到哪里去上班的喜讯。我在村口的树下等着乡村邮递员，希望他绿色的邮袋里有你写来的回信……

我非常内疚。信件众多，我不记得在这之前见过她的两封信。

我也有过这种望眼欲穿的时候，那种心急如焚的期待，让人苦不堪言。我给她回了一封信，请她不要把希望放在虚无缥缈的想象上面，唯一可靠的是自己的力量。

我至今想起这个女孩子的话，内心还是充满了哀伤。我不知道她后来如何了。因为我最终也没能寄钱或给她找到工作，她也许要骂我吧？

然而，就是挨骂，我也依然觉得人要自力更生。总有人企图用手掌接住闪电，绾一个光芒四射的结儿，那是美丽的妄念。我不能助长一个我不赞成的倾向。非常抱歉，你可以永不原谅我。

为什么很多优秀女子都抱怨找不到合适伴侣？

不要忽视你身边太熟悉的人，宝藏往往就埋藏在你周围。这种忽略眼前、好高骛远的人，基本上也是忽略自我的人。当你看不起自己的时候，你也看不起周围的人。

很多女子抱怨自己找不到合适的伴侣。她们期望着优秀，不断地磨砺着自己的优秀。优秀的女子都希望找到的男子比自己更优秀，殊不知在这场觅宝的过程中，等待并不是最好的策略。你在寻寻觅觅，很多眼疾手快的女子，已经把青青的果子摘下来，放在自己的篮子里，等待成熟。

一个女子要找到一个男子，如同一个螺栓要找到一个螺帽。这个比喻虽然没有“肋骨”那样血肉相连，倒是更符合工业社会的氛围。

我觉得大龄女子们常常忽略了一个基本事实。我这样说，并不是嘲笑她们的智商，而是有好几次我把这个道理讲给她们听的时候，她们脸上的惊奇之色，让我很是心疼。所以，我就不厌其烦地在这里再讲一遍，你如早已知晓，就跳过去好了。

齐眉三十岁了，真是一个好姑娘。那张脸精致得无可挑剔，只是眼角已经有了极细小的皱纹。她是社会学的硕士，在一家很好的单位任职。她说：我就想不通，那些好条件的男士，怎么就匆匆忙忙地把自己处理掉了，而不等等我们呢？

我说：齐眉你是哪一年生人？

她说：毕老师，现在是2008年，我三十岁了。您可以算出我是哪一年出生的。

我说：还是你自己告诉我吧。

齐眉小声说：1978年。

我说：你要找的男子大约是多大年纪呢？

她说：年龄不能太大吧？最多比我大五岁。

我说：能不能选择年龄比你小一点儿的男生呢？

她思忖了一下说：最多只能小两岁。

我说：好了，我们对男子年龄的要求已经算出来了。他们大概是1973年至1980年出生的男子。

我又说：你对他们的身高有没有要求？

齐眉说：当然有要求了。我身高一米七，他总不能比我矮吧？还要算上高跟鞋的高度，我就算不穿那种鞋跟特别高的，三厘米的高度总是要有的。夏天，我还喜欢戴美丽的帽子，这样，他起码得一米八以上。我说：

好的，我都记录在案了。学历呢？

齐眉笑起来说：这还用问吗？我都硕士了，他最低要和我一样，最好是博士、博士后什么的。

我说：还有吗？

齐眉说：当然有了。他得是城里人，不得有一大帮子乡下的穷亲戚，那样我们家不得开旅馆啊？父母得是知识分子，最好是教授。不要官员，官员一退下来就什么都不是了。他得有房子，起码要三室一厅，不然将来有了孩子，还要雇保姆，都在哪里住呢？这要先考虑周全。要有车，虽然不需要是宝马奔驰什么的，但夏利和捷达肯定不成，本田和凯美瑞差不多。爱好体育，不能有啤酒肚、罗圈腿什么的，平足最好也没有……五官要端正，人品要好，不吸烟、不喝酒、不打麻将……收入嘛，年薪在十万元以上……

齐眉意犹未尽，还想补充点儿什么。我赶紧说：咱们暂且打住，你看我现在把对方描画一番，你听听是否全面。

该男子年龄在二十八岁到三十五岁之间，身高一米八，书香门第，硕士以上学历，家是城市的，有房有车。

品行好，相貌好，收入好，工作好，没有不良习气，忠于老婆……

齐眉笑起来说：我可没说要忠于老婆。

我说：那么你愿意找一个不忠诚的男子啦？

齐眉说：我没说，不等于我没有要求。我觉得忠诚是不言而喻的。

我说：这样的男子好不好？

齐眉说：当然好了。这是我多年以来制定下的标准，无懈可击。

我说：你按照这个标准寻寻觅觅，直到现在还是单身，看来是没有找到。

齐眉说：找到了一个。

我说：那为什么不赶紧抓住他，把自己嫁出去？

齐眉深叹了一口气说：我找到他的时候，他已经是别人的老公了。我不能做那种没有道德的事情。况且，我真的向他示爱，他也许不会接受我。因为这样的人，对自己的家庭是很有责任感的。

我说：齐眉，咱们现在已经逼近了结论。你觉得这样的男子好，我也觉得这样的男子好，但这样的男子在人群中是十分稀少的。也就是说，你要求的是一个小概率的事件。中国男子的平均身高是一米六九七。中国这些年来培养出的硕士、博士以上人才，总共一百万人，只占全部人口的百分之一以下。这其中还包括女性。你所要求的身高学历两项，就把很多人删去了资格。然后还有城市户口、有房有车、年薪、家庭背景等条件，说句悲观的话，我觉得一千个未婚男子当中都难得挑出一个。这个概率太低了。

而且，你要注意，这是不能增产的。因为那些螺帽不是现在制造出来的，是早在三十五至二十八年以前就出厂了，没有办法增加配给。你只有在这个框架中挑选。你刚才说的那个例子就很典型，好不容易碰上了一个，结果早就成家立业成了人夫，你没法插足了。

说句实在话，在恋爱心理方面，男子和女子是不相同的。男子其实并不一定要找个有地位、有学历、收入高的女子为妻，他们可能更看重的是女子的温柔体贴、贤惠和顺。对于自恃条件优越颐指气使的女生，未必就趋之若鹜，曲意逢迎，百折不挠，再接再厉，生命不息，追求不止。

说句不客气的话，你知道这样的男生条件好，别人也知道。这不是一个秘密，不可能藏着掖着，而是公开摆在那里，路人皆知。那些想借着婚姻这“第二次出生”来改变自己命运的女子，在这个世上大有人在。她们更具有敏锐的嗅觉和求生的本能，能更全面地具备生存的智慧，她们往往谋略更早，出手更快，更会审时度势，发现那些潜在的绩优股。更不消说齐眉你所要求的这种显而易见的卓越分子了。

试想一下，如果早市上有一把更青翠更水灵更茁壮的芥菜，是不是那些早起的主妇会抢先把它拣到篮子里呢？这就是婚姻的法则，你已经失去了先机，现在，要在新的形势下制定新的策略。

齐眉有点儿慌了，说：我不愿委屈自己。

我说：这不是委屈自己，只是适当地调整而已。

齐眉说：我想不到自己的标准中哪一点可以调整。

我说：我看最可以调整的就是男子的身高。

齐眉说：我觉得这一点最不可商量。

我说：为什么呢？

齐眉摇头叹气道，身高这个东西，没有一时一刻能逃得掉，只要你一睁眼，就看得到。一个矮个子的人，总在你面前晃啊晃的，叫人多闹心啊！拿不出手啊！

我说：这就是你的心理感受了。世界上有很多身量矮小的男人，都做出了很大的成就，这些例子我就不多说了。我想问你的是，你知道女子选择配偶，为什么首选高大的男子吗？

齐眉说：赏心悦目啊！

我说：这肯定是原因之一，但不是最重要的原因。况且，就连这一条，也是长久以来的文化所形成的。世界上并没有什么规定，说人是越高大越好。

齐眉说：这我可就有点儿不明白了。您告诉我，也许有助于我早早嫁出去。

我说：人们为什么喜爱高大的男子，这要从人类的进化谈起。在远古的时候，条件非常艰苦，几乎没有工具。人们在狩猎和保卫营地的时候，当然是高大的男子比较占优势，他们有更多存活下来的机会。就是受到野兽的攻击，倚仗着身高腿长，奔跑起来速度更快，这样就能有更多的机会逃脱。作为繁衍后代的女子，为了自身的安全和后代的保障，当然是找这样的伴侣比较保险了。人们就把这样的观念一代代地传了下来，现在的女孩子们就被动地接受了这个“潜规则”，并不去想想它有多少合理性。

齐眉若有所思，说：古代人的智慧到今天难道过时了吗？

我说：时过境迁。即使是在古代，要想得到最大的安全，也不是光凭着体力的优越就可以存活下来的，还要靠脑子灵活、身手矫健，这是毫无疑问的。证据之一就是那些矮小的男子，并没有被这种残酷的生存法则淘汰光了，他们依然生机勃勃地存在着，而且这种动脑的优势越来越明显。到了现代，摆脱科学技术的帮忙，纯粹运用体力就可以得到最大收益的行当，是越来越少了。反之，需要动脑筋拼智商的事业是越来越多了。比如使用计算机，你很难说一个一米八的大汉就一定会比一个一米六的小个子操作得更熟练。比如拿出一个最好的创意和设计方案，基本上也和该男子的身高没有关系……

也就是说，现代社会让身高这个因素逐渐淡化了……

您说得有道理，可是不全面。要知道，身高不是淡化了，是更强化了。如果我告诉别人，我找的男朋友身高还没有我高，那我还不得被人笑话死了?！齐眉反驳我。

我从这反驳中，听出了曙光。齐眉已经在认真地考虑这个建议了。

我说：你估计得不错。现代传媒的力量很大，他们总是把一些身材高大的男子汉，展现在银幕中，逼人仰视。这是影视附和人们潜意识的结果，反过来它又把这种潜意识变成了触手可及、活灵活现的屏幕真实。作为一个现代人，要有火眼金睛，识别这种种光怪陆离底下的真相，然后从容地按照自己的心愿行事。

齐眉半晌不语。然后说：我明白了，试试看吧。

我说：好啊，你的名字很好，祝贺你找到另一半，让那个成语找到另一半——举案齐眉。

一桌烹饪了二十一天的菜

某医生专门为癌症晚期病人做治疗，门庭若市。

我说：癌症晚期，基本上回天乏力。那么多人趋之若鹜地来求助你，你有什么绝招秘方？难道有祖传秘方吗？

医生说：没有。我没有任何诀窍。全世界治疗癌症的方法，就那么多，都在书上写着呢。我要是有起死回生之术，就去得诺贝尔医学奖了。

我说：那很奇怪，人们为什么都来找你呢？

头发花白的医生平静地说：我只是陪着那些得癌症的人，走完人生的最后一程。

要知道，这种陪伴并不容易，要有经验，要知道跟他们说些什么，要能忍受一次又一次的永诀。

癌症病人不知道这种时刻该怎么办，包括他们的亲人，也很茫然。人们通常用两种方法：要么一言不发；要么装着那件事——你知道我指的是什么，就是死亡——离得很远，好像根本就不会发生似的，谈天说地指东道西，但就是不涉及此事。

这让那个就要死去的人，无比孤单。他知道那件事就要发生了，他已经收到了确切的预报。但大家好像都不理睬，完全不在意这件事。他也不知道自己该如何揭开这个可怕的盖子，困窘无措。后来，他会想，既然大家都不谈，一定是大家都不喜欢这件事。我马上就要离开人间了，既然大家都不乐意说这件事，那么，我也不说好了。于是，死亡就成了一个众所周知的秘密。

家人对每一个来探望病人的人说：他的病情很严重，可能马上就要离世了，可他自己一点儿也没有意识到。拜托你们了，千万要装得很快活，不要让病人难过。

人们就彼此心照不宣，群起对那个濒死之人保守“秘密”。那个濒死的人则没有勇气破坏大家的好意，索性将错就错，维持着那个谎言越滚越大，直到成为厚厚的帐幔。要知道这种在最亲近的人之间设起的屏障，是非常耗费能量的。于是，病人就想早早结束这个局面，他们甚至更快地走向了死亡……

那么，你是怎么做的呢？我问。

很简单，我只跟他们说一句话。医生说。

一句什么话呢？我好奇。

我只跟他们说：在最后的时间到来之前，你还有什么心事吗？我可以帮你做些什么？我会尽全力来帮助你。医生这样回答。

就这些吗？我有些吃惊。因为这实在是太简单了，简单到令人难以置信。

就这些。很多要死的人，对我讲了他们的心事。他们对我很信任，没有顾忌。我从不无望地安慰他们，那没有意义。他们什么都知道，比我们健康的人，知道得更多、更清楚。

临死的人，有一种属于死亡的智慧，是我们这些暂时的生存者无法比拟的。对这种智慧，你只有钦佩，匍匐在地。你不可能超越死亡，就像你不能站得比自己的头更高。医生说着，视线充满敬意地看着面前偏上的方向，好像在那里有一束自天宇射下的微光。

我说：您和很多要死的人，讨论过各式各样的未了心愿吗？

医生说：是的。很多。几乎所有的人，都有未了的心愿。我甚至因为和他们讨论这些事而出名，他们会在彼此之间传播我的名声，说临死之前，一定要见见我，这样才死而无憾。

我说：能跟我讲讲临死之人最后的心愿都是什么吗？

医生淡淡地笑笑说：您这样问，可能以为那些临死之人的想法一定都很惊世骇俗，很匪夷所思。其实，完全不是这样。因为都是一些普通人，他们的想法也很平常，甚至是太微不足道了，他们因为觉得不足为外人道，都有些不好意思。只是因为知道我是一个专门研究癌症晚期病人心理的医生，他们觉得我不会笑话他们，才愿意对我敞开心扉。这样一传十十传百的，就慢慢有了口碑。其实，我不过是帮助他们达成心愿，让他们无怨无悔地走完最后的路程。

我说：可是你还没有把他们最后的心愿告诉我，是不是保密呢？

医生说：并不保密，我是怕你失望。好吧，我告诉你，你一定会想到他们要求我帮助完成的心愿，可能是找到初恋的情人，或是哪里有一个私生子这样稀奇古怪的事情。这种事情我不敢说从来没有过，但其实非常少。普通人临终之前，多半想的都是完成一些很具体甚至很微小的心愿。比如对谁道个歉，找到某个小时候的玩伴，还谁一点儿小钱……并不难的。也许有些活着的人，以为这些不值一提，家里的人也可能觉得太琐碎，未必会记在心上。不过，我听完之后，都会非常认真地完成。

我说：您能给我举个具体的例子吗？

医生沉思了一下，说：好吧。我刚刚帮助一个患癌症的女子完成了她最后的心愿。

我说：什么心愿呢？

医生说：这女人是个厨师。病入膏肓，不久于人世了。她是慕名而来，对我说“我有一个心愿，可是对谁都不能说。听说无论多么奇怪的心愿，你都不会笑话我们，所以我找到你”。

我说：请放心。请把你的心愿告诉我，我尽力帮你完成。

女人说：我从小就学做厨师，现在，我就要走了。我的心愿是再做一桌菜。

我点点头说：哦，这很难吗？

女人说：是的。很难。因为长期化疗，我舌头上的味觉器官完全被破坏了，根本就尝不出任何的味道。我的胳膊打了无数的针，肌肉萎缩，已经颠不动炒勺。我不能行走，已经不能上街，不能亲自采买食材和调料。我长期住在医院里，很快就要从病床直接到天堂去了。附近根本就没有厨房。另外，谁来吃一个癌症晚期病人做的食物呢？因此，我这个愿望几乎是不可能实现的。

我说：谢谢你对我的信任。我明白你的愿望了。让我来想一想。

几天以后，我找到她，说：我能帮助你实现愿望。

那女人瘦削而苍白的脸庞因为过分的激动，而显出病态的酡红，伸出枯枝一样的手，哆嗦着说：真的吗？

我说：千真万确。现在，你只要定好菜谱，我们就可以开始了。

她不相信，问：灶台在哪里呢？

我说：我已经和医院的厨房说好了，他们会空出一个火眼，专门留给你操作，甚至还给你准备了雪白的工作服。你可以随时使用这个炉灶。它从现在开始，就属于你了。

那女子高兴极了，好像是剑客得到了一柄好剑，两眼闪光问道：那么，我所用的食材和调料如何采买呢？您知道，我已经没有力气走五步以上的路，出不了医院大门的。

我说：我会为您派一个助手。完全听您调遣。您需要什么样的蔬菜和肉类，还有特殊的调味品，只要您列出来，他就按照您的意思，一丝不苟地去准备。他一定会像您亲自采买来一样，让您满意。您要是不满意，他就再去寻找，总之，一定做到尽善尽美。

女厨师很高兴，但还不放心，说：我还有一个问题。我现在体力不支了，一桌菜最少要有八道，可是，我一顿做不出来那么多，只能一道道来做。这样是否可以呢？

我说：当然可以。一切以您的身体承受力为限。

女厨师说了这么多话，似乎把全身的力气都用完了。她把眼睛闭起来，许久许久都没有睁开，我几乎以为她再也不会把眼睛睁开了。虽然，我知道这是不会发生的，她的愿望还没有完成，她不会轻易到死神那里报到。

果然，停顿了很长一段时间之后，她缓缓地睁开眼睛。眼帘打开的速度是如此之缓慢，简直像拉开一道铅制的闸门。她说：医生，我知道你是在安慰我。

我说：这不是安慰。你将完成的是一桌真正的宴席。

女厨师凄然一笑说：好吧。就算是一桌真正的宴席，可是，谁是食客？谁来赴宴？谁肯每天只吃一道菜，遥遥无期地等待着一场没有时间表的宴会呢？

我说：我已找到了食客，他会吃下你做的每一道菜。

医生说到这里，就安静下来，好像他的故事讲完了。

我说：后来呢？

医生说：开始了。

我说：能吃吗？

医生说：有人真的吃了。

我说：好吃吗？

医生迟疑了一会儿，说：那个人告诉我的真实感觉是：刚开始，她做的菜还算是好吃的。虽然女厨师的味蕾已经完全损毁，虽然她本人根本就没有任何胃口，但女厨师凭着经验，还是把火候掌握得很准，调料因为用的都是她指定的品牌，她也非常熟悉用法用量。尽管她不能亲口品尝，各种味道的搭配还是拿捏得相当不错。不过，她的体力的确是非常糟糕，手臂骨瘦如柴，根本就颠不动炒勺，她又坚持不让助手帮忙，结果食材受热不均匀，生的生，煳的煳。到后来，女厨师的身体急剧衰竭，视力变得模糊了，她的烹调受到了很大限制，很多调味品只能是估摸着投放，菜肴的味道就变得十分怪异了。尤其有一道主菜，需要的用料很复杂，她开列出的单子，足有一尺长。我分派给她的助手向我抱怨多次了，说按照女厨师的单子，到市场上去采买。去的是她指定的店铺，买的是她指定的品牌，产地和品种都没有一点儿问题。可拿回来之后，她硬是说不对，让助手把原料统统丢了，重新再买。助手说：我真不知道这是怎么回事。她的癌症是不是已经转移到了脑子？

医生安慰厨师助手说：你是在帮助一个人完成最后的心愿。你要用最大的耐心来做这件事。

助手说：这个工作要持续多久呢？我都要坚持不住了。

医生说：也许不要很久，也许要很久。不管多久，我们都要坚持。

我忍不住插嘴问：那你们究竟坚持了多久呢？

医生说：二十一天。从女厨师开始做那桌菜，到最后她离世，一共是整整三周的时间。我记得很清楚，开始是在一个周六，结束也是在一个周六。星期天的时候，她的丈夫来找我，说女厨师在清晨的睡梦中，非常平静地走了。女厨师头天临睡前说非常感谢医生，并让自己的丈夫把一封信送给我。

我刚要开口，医生说：你想问我那封信里写了什么，对吧？我可以告诉你，那其实不是一封信，只是一个菜谱，就是那道没有完成的主菜的菜谱。女厨师的丈夫说，女厨师很抱歉，她不是不能做出这道菜，之所以让助手一次次地把材料放弃，是因为她知道自己已经没法把这道菜做得非常美味，实在是心有余而力不足。为吃菜的人考虑，还是不做了吧。为了弥补遗憾，就把这道菜谱奉上，转给食客，以凑成完整的一桌。

我说：那些菜肴都是谁吃下的呢？

医生说：我。每次都吃得非常干净，从没有剩下过一片菜叶。

最重的咨询者

我猜你第一眼看到这个题目，一定以为是“最重要的咨询者”。很抱歉，不是最重要，是最重。你可能要大吃一惊，说你们的心理咨询室里还设磅秤吗？每个来咨询的客人，都要量体重吗？

并没有人体秤，我也从来没有问过来访者的体重。只是这位来访者实在太胖了，不用任何器械，我也能断定他在我所接待过的来访者中体重第一。

他穿了一条肥大的牛仔裤，一看就是那种出口转内销的外贸尾单货，专供欧美等国特大号胖子装备的。上身是一件黄绿相间的花衬衣，有点儿苏格兰格子的味道，想来是从国外淘买回来的，亚洲人难得有这样庞大的规格。他名叫武威，正在上大学三年级。

我好着呢！什么毛病也没有！武威开门见山地说。他小山似的身体将咨询室的沙发挤得满满当当，腰腹部的赘肉从沙发的扶手镂空处挤出来，好像是脂肪的河流发山洪外溢了河道。我暗自庆幸当年置办办公家具的时候，选择了不锈钢腿的沙发。若是全木质精雕细刻的，在这样的负荷之下，难免断裂。

我说：既然您觉得自己一切正常，为什么到我们这里来呢？

我问这话，不单单是一个询问策略，实实在在也是自己心中的困惑。当然了，武威的体形令人瞠目结舌，但如果当事人不觉得这是一个问题，心理师也犯不上自告奋勇、迫不及待地为人排忧解难。

武威一笑，笑容有一种孩子般的天真。他说：我说我觉得自己正常，但这并不代表着我的家人也觉得我正常。

我说：这么说，是家里人让你来看心理医生的？

武威说：可不是嘛！他们说我太胖了，马上就要面临大学毕业找工作，像我这样的体形，会受到歧视。更甭说以后找对象结婚的事了。总之，他们让我减肥，我吃过各式各样的减肥药，喝过名目繁多的减肥茶。还尝试过针灸推拿揉肚子……

我问：什么叫揉肚子？

武威说：一种新流行起来的减肥方法，就是好几个人在你的肚子上像和面一样揉啊揉的，据说能把腹部的脂肪颗粒粉碎，这样就可以排出体外了。还有一种吸油纸，就像胶布一样贴在你想减肥的部位，大概过上一个小时，就会看到那片纸变透明了，全都是油滴。

我大吃一惊。以我当过二十年医生的经验，绝对不相信人体内的脂肪会被一张纸榨出来。

这是真的吗？我问。

武威说：有一次，我把吸油纸贴在冰箱外壳上。一个小时之后，吸油纸也是油光闪闪的。

我愤然，怎么能这样骗人？！

武威说：现在社会上流行以瘦为美，商家就利用人们的这种心理，大发减肥财呗。

我发现武威虽然看起来动作迟缓，但思维清晰敏捷。

我说：想必你尝试过种种减肥方法，都没效果。

武威说：您说对了一半。就我尝试过的方法，公平地说，除了吸油纸是彻头彻尾的骗术以外，其他的多少都有一些效果。它们之中要么是用了泻药，要么使用了西药抑制人的食欲，每次我都能成功地减肥几十公斤。

我又一次坠入雾海。若是每一次都减肥成功，那么武威目前就不会如此庞然大物了。或者说，他以前简直重如泰山？

看到我百思不得其解的模样，武威说：是的，每一次都成功，可是，您知道反弹吗？

我说：知道。就是体重又恢复到原来的分量了。

武威说：岂止是原来的分量，更上一层楼了。我就这样，一次又一次地减肥，然后一次又一次地比原来更肥。

我觉得武威说完这句话，应该愁眉苦脸，起码也会叹一口气吧？可是，武威依然是安之若素的模样，甚至嘴角还浮现出隐隐的笑意。

我有点儿怀疑自己的眼神，但是，没错，武威脸上并没有任何沮丧的神气，看来，他说自己没有问题，也不是毫无根据的。但是，面对着这种明显不正常的体重，还要说一切正常，这是不是正是要害所在呢？

我对武威说：我看你对自己的体重，并不觉得有什么不合适的地方。

武威好像遇到了知音，说：哎呀，您可真说到我的心里了。我并不觉得这不正常。

把一个明显不对头的事，说成正常，这也是问题啊。我说：武威，你可以有一个选择。你要是觉得自己没有一点儿问题，你就可以走了。你要是希望自己变得更好，咱们就来探讨一下有关问题。毕竟，你的体重超标了。这是一个事实。

武威迟疑了一下。看来，他是一个好脾气的胖子，所以，他并不想忤逆父母的意愿，就乖乖地来见心理医生了。不过，他打算走个过场，然后就照样我行我素。现在，面临选择，他费了思量。过了一会儿，他说：你说这话我愿意听——谁不愿意把自己变得更好呢？我愿意和你讨论一下我的体重问题。

很好。显著的进步。武威终于承认自己的体重是一个问题了。

我说：你从小就比较胖吗？

武威连连摇头说：我小的时候一点儿都不胖。从十二岁零三个月的时候，开始发胖。以后就越发不可控制，差不多每年长二十斤。要说一个月长一斤多肉，也不是什么了不起的事，但日积月累，就成了现在的样子。

这段话初听起来，好像很普通。但我注意到了一个奇怪的数字，十二岁零三个月。按说体重增加并不是突然发生的，但武威为什么把日期记得那样清楚呢？

我说：武威，当你十二岁零三个月的时候，发生了什么？

武威低下头说：我不能告诉你。

我说：为什么？

武威说：因为一想起那段日子，我太悲伤了。

我说：武威，将近十年过去了，你还这样痛苦。我猜想，这也许和你的一位挚爱的人离去有关。

武威抬起头来，我看到他的眼珠被泪水包裹。他说：您说对了。我从小就是和外婆在一起，她是个非常慈祥的老太太。我从她那里，得到了温暖和做人的道理。我觉得她这样好的人，是永远不会死的。可是，她得了癌症。很多人得了癌症，也都可以治疗，比如化疗什么的，就算不能挽回生命，坚持个三年五载的也大有人在。可我外婆什么治疗都不能做，从发现患病到去世，只有短短的二十天。我痛不欲生，拼命吃饭，从那以后，就踏上了变胖的不归路……

我的脑海开始快速运转。按说痛不欲生的结果，是令人食欲大减，饭不思茶不饮的，似这般暴饮暴食胡吃海塞搞得体重骤升的，实在罕见。

我说：原谅我问得可能比较细，你吃下那么多东西的时候，想的是什么？

武威说：我想这就是纪念我外婆的一种方式。

我又一次糊涂了。祭奠亲人的方式，可能有千千万万种，但用超常的食欲来思念外婆，这里面有着怎样的逻辑？

我说：你外婆一直鼓励你多吃饭吗？

武威说：没有。外婆是非常清秀的江南女子，直到那么老的年纪，都非常美丽，每餐只吃一点点饭。

我说：那么，你为什么要用吃饭悼念外婆呢？

武威陷入了痛苦的回忆。许久，他喃喃地说：也许……是因为……我听到了一句话。

我说：那是一句怎样的话？

武威用手支撑着巨大的头颅说：那一天，我到医院去看望外婆。正是中午，大家都休息了。当我路过医生值班室的时候，听到两位值班医生在说话。男医生说，十三床的治疗方案最后确定了没有？女医生说：没有什么治疗方案了，就是保守对症，减轻病人一点儿痛苦。男医生问：干吗不手术呢？女医生答：年纪太大了，如果手术，很可能就下不了台子，比不做还糟糕。男医生又问：那么化疗呢？资料上说，现在新的药物对这种癌症效果不错的。女医生接着回答：十三床太瘦弱了，化疗方案一上去，人肯定就不行了，还不如这样熬着，活一天算一天……

十三床，就是我的外婆啊。

医生们的这段对话，给我留下了非常深刻的印象。我觉得外婆的死，就是因为她太瘦了，瘦到无法接受治疗，如果她胖一点儿，就能够战胜死神，就能一直陪伴在我身边……

武威断断续续地讲着，他的眼泪一滴滴洒落在黄绿相间的格子衬衣上，让黄的地方更黄，绿的地方更绿。胖人的眼泪也比一般人的要硕大很多，每一滴都像一颗透明的弹球。

我默默地坐着，能够想象至亲的人离去，给当年的小男孩以怎样摧毁般的打击。他以自己的方式表示着痛彻心扉的哀伤，表示着对于死神的强大愤怒，表示着对于外婆的无比眷念……难怪他不认为这是不正常的，难怪他在每一次减肥之后都让自己的体重更加升高。

在接下来的多次咨询中，我和武威慢慢地讨论着这些。当然，我不能把自己的判断一股脑儿地告知他，而是在我们的共同探讨中，渐渐向前。

武威后来成功地减下了五十公斤体重，成了英俊潇洒的靓仔。对外婆的悼念也化成了力量，他各方面都很优秀。

速递来的喜糖

来访者是两个人，一男一女，三十多岁的年纪，衣着整洁，面容平和。一般人如果有了浓重的心事，脸上是挂相的，但这两个人，看不透。第一眼我都不知道到底谁发生了问题。

我说：你们到我这里来，有什么需要讨论的？

身穿一身笔挺西服的男子说：我是大学的副教授。端庄女子说：我是他的未婚妻。

我还是搞不清到底出了什么事。我看着他们，希望得到更进一步的说明。

难道他们是来做婚前辅导的吗？男子不愧是给人答疑解惑的老师，看出了我的迷惘，说：我们很幸福……

我越发摸不着头脑了。一般来说，感觉特别幸福的人，是不会来见心理咨询师的。这就像是特别健康的人，不会去看医生。

女子有些不满地说：我们并不像外人看到的那样幸福。的确，我们是在商量结婚，但是如果他的问题不解决，我就不会和他结婚，这就是我督促他来看心理医生的原因。现在，我们到底能不能结成婚，就看在你这里的疗效了。

我还是第一次碰到这样棘手的问题——一对男女，

到底结得成婚还是结不成婚，全都维系于心理医生一身，这也太千钧一发了吧？我说：我会尽力帮助你们，到底出了什么问题？

副教授推了推眼镜，对未婚妻说：我觉得这不是个问题，是你非要说这是个问题。你就说吧。

女子愤愤不平地说：这当然是个问题了。要不，我们问问心理医生，看到底算不算个问题？

我是真叫他们搞糊涂了。我被他们推为裁判，可是我还根本不知道进行的是何种赛事！

我说：你们俩先不要急。请问这个问题，到底是谁的问题？

女子说：你每个月都把自己的工资花得精光，博士毕业后工作八年了，拢共连一万块钱都没攒下来，你说这是不是个问题呢？

我还是有点儿摸不着头脑。并不是每个博士都很富有，如果他的钱用到了其他地方，比如研究或是慈善，没有攒下一万块钱，似乎也不是非常大的问题。

男子说：你说过并不计较钱，我也不是个花花公子。

每一笔钱都有发票为证，并没有丝毫的浪费。这怎么就成了问题了?

女子说：这当然是问题了。你有强迫症。

男子说：关于强迫症，书上说的是以强迫症状为主要临床表现的神经症。患者知道强迫症状是异常的，但无法控制、无法摆脱。如强迫计数，即不由自主地计数。强迫洗手，即因怕脏、怕细菌而不断反复地洗手。我没有犯其中任何一条。副教授滔滔不绝。

在心理诊室常常会碰到这种来访者，他们的确看了很多书，却还是对自己的问题不甚了了。

我说：我不知道自己理解得对不对——未婚妻觉得自己的未婚夫有强迫症，但是，未婚夫觉得自己没有。是这样吗?

两个人异口同声地说：是的。

我说：你们谁能比较详细地说一说到底是什么症状?

女子说：我和他是大学同学，那时候，他好像没有这种毛病。中间有几年音讯全无，大家都忙。最近同学聚会又联络上了，彼此都有好感，现在到了谈婚论嫁的关头。我当然要了解他的经济基础了。我不是一个见钱眼开的女人，但要和一个人过一辈子，他的存钱方式花钱方式，也是我必须要明了和接受的。没想到，他说自己几乎没有一分钱存款。我刚才说不到一万块钱，还是给他留了面子。我们都在高校里当老师，谁能拿到多少薪酬，大致是有数的。我知道他父母都过世了，也没有兄弟姐妹，这样就几乎没有额外花钱的地方，而且他不抽烟不喝酒。那么，钱到哪里去了？我设想了几种可能，要么是他资助了若干个乡下孩子读书。如果是这样，结婚以后，就还要把这个善举坚持下去，只是规模要适当缩小。要不他就是在暗地里赌博，把钱都输进去了。我再想不出第三种可能性了。我问他，他说只是单位捐款的时候出过一些钱，并没有长期的大规模资助活动。关于赌博，他说自己谦谦君子洁身自爱，要我相信他。我说：这也不是那也不是，钱到哪里去了？他说钱都请客了。我说：你也不是开公司的，也不是公关先生，为什么要老请客呢？他说：他就是喜欢大伙儿热热闹闹地在一起吃饭。我说：吃就吃呗，轮流坐庄。他说：没有什么轮流坐庄，也没有AA制，凡是有他出席的饭局，一概都是他埋单。这样日积月累下来，几乎把他的家底都耗光了……

总算理出了一点儿头绪。我问副教授：是这样的吗？

副教授说：完全正确。这些年来，我是一个酷爱请客的人。不管是同学同事，还是朋友助手，甚至是萍水相逢的人，只要是到了饭点，我就不由自主地想请人吃饭。还不能凑合，一定要到像模像样的馆子，铺上餐巾，倒上茶水，大张旗鼓地进餐……而且，一定要由我来结账。如果不是我结账，我会非常痛苦不安，觉得自己对不起人，没有尽到职责。所以在这方面的花销积累起来，就不是一个小数字。特别是近年来我请人吃饭上了瘾，请的人越来越多，饭店的档次越来越高，每月发的工资，加上我的稿费，还有补助什么的，就一股脑儿地投入到里面。以前是我一个人过，经济上实在紧张了，就忍痛少请两顿。现在打算成家，未婚妻对我的这个爱好深恶痛绝。可是，我改不了。只要是大家在一起吃饭，我就要埋单。如果谁不让，我就要跟他急，觉得是对我权利的剥夺……未婚妻说我这是强迫症的表现，要我看心理医生，说要是不医好这个毛病，就不跟我结婚了。您说如何是好？

我恍然大悟。说真的，做心理医生也算阅人无数，以这种症状求助的，还真是头一份。开个玩笑：当时我的第一个反应就是——如果我身边有这样一个同事就好了，吃饭的时候就有饭辙了。

面对来访者，不能有丝毫的走神。我说：咱们先不说这是个什么症，我们来确认一下，每月请人吃饭到了“两袖清风”的程度，这是不是一个问题？

女子说：这当然是一个问题了。男子执拗地说：我觉得这不算问题。

我一直想和这个男子单独谈谈，但是贸然地让未婚妻离场，对大家都不好。于是心生一计，对女子说：既然你觉得这件事是问题，而他觉得自己没有问题，那就咱们两个单独谈谈，您看如何？

女子大叫冤屈，说：我又没有问题，咱们俩谈有什么用？每个月把钱花得一干二净的是他，当然应该是他和您单独谈了。

我说：好啊。我就和他单独谈谈，请您到外面等一下。

女子离开了。当房内只剩下我和副教授的时候，我对他说：现在，我希望您非常认真地回答我的问题——一个成年男子，每个月都把自己的薪酬花光了请人吃饭，变得无法控制，婚姻又面临着危机……你觉得这是一个问题吗？如果你觉得是个问题，咱们就向下讨论。如果你觉得这不是个问题，我会尊重你的意见，送你们离开，你已经交付的费用，会退还给你。天下没有人会去帮别人解决一个子虚乌有的问题。

副教授愣了片刻，思忖着说：如果我一个人过下去，我就不觉得是个问题……但是，我现在要结婚了，这就是一个问题。因为婚姻是两个人的事情，还有经济压力……

承认这是一个问题，事情就有了曙光。在现实生活中，很多我们判断出有复杂问题的人，自己却浑然不觉，心理医生也只有尊重他们的选择。毕竟这是助人自助的事业，如果本人不奋起变法，所有的外力都会丧失支点。

我说：你想改变吗？所有的改变都会带来痛苦和不安，你不妨好好思考后再做决定。

我并不打算用这些话激他，而是实事求是。不想副教授在未婚妻走出去以后，仿佛换了一个人，急切地说：我愿意改变。不单单是为了婚事。我总是在迷迷糊糊之间就一贫如洗了，到了真正需要钱的时候，往往身无分文，这让我很苦恼。说实话，我也用了书上写的治疗强迫症的方法，比如在自己的手腕上缠橡皮筋，一有了想请客的冲动，就拉紧橡皮筋，让那种弹射的疼痛提醒自己……但是，没有用。橡皮筋不知扯坏了多少根，把皮肤都崩肿了，可我还是一边忍着痛苦一边请客……副教授苦恼地看着自己的手腕，我看到那里有一圈暗色的痕迹，看来真是受了皮肉之苦。

我说：你是说自己明知故犯？副教授说：对对，是明知故犯。

我说：那你在这种请客的过程中，一定感到很快乐？

副教授说：你猜得很对，我就是感觉到快乐，非常快乐。如果不快乐，我何能乐此不疲！

我说：最让你快乐的是什么时候？是哪一个瞬间？

副教授说：最让我快乐的是大家围坐在一张大餐桌前，有说有笑地进餐，觥筹交错，狼吞虎咽，欢歌笑语，其乐无穷。

我说：谢谢你这样坦诚地告诉我。不然，我还以为最让你快乐的瞬间是掏出皮夹子，一扬手几百上千地埋单，十分豪爽。大家都觉得你是及时雨宋江一样的好汉，专门接济天下弟兄。

我佯作困惑。副教授说：您这样想就大错特错了。把钱花光，不过是个表象。给人留下慷慨大方的印象，并非我初衷。我喜爱的只是那种阖家欢乐的氛围。我的父母都不在了，也没有兄弟姐妹，所以，我所渴望的那种氛围很少有，大家都很忙，没有人陪着我，我只有用钱来买欢乐时光。这就是我的动机。

我已经初步理清了脉络，原来花钱如流水只为掩盖孤独，原来啸聚餐馆只为千金买乐。

还要继续挖下去。我说：为什么阖家欢乐对你如此重要?

不料，这个问题让面容持重的副教授热泪盈眶。他说：我从小就在一个革命家庭里长大，父母永远把工作看得比我更重要。在我的记忆里，他们没有为我过过一次生日，也从来没有带我去过公园。甚至逢年过节的时候，也极少在家吃饭。晚上一个人睡下，因为害怕，我把家里所有的灯都打开，困得实在受不了，才迷迷糊糊睡去。后来爸爸对我说：灯火通明太浪费电了，从此我就在黑暗中闭眼，觉得沉没到了水底。我把全家人能在一起吃顿饭，看成是最大的幸福。父母都在原子基地工作，后来又几乎在同一时间得了恶性肿瘤，英年早逝。他们以生命殉了所热爱的事业，但却给我留下无尽的伤痛。博士毕业后，我环顾四望，孑然一身。在这个世界上，再也没有人能够分享我的快乐与哀愁，也没有人能弥补我内心深深的遗憾和后悔。我唯一可以寄托愿望的，就是请一帮朋友吃吃喝喝。我知道这里面并没有多少可以肝胆相照的人，但我痴迷于那种其乐融融的气氛，让我恍惚回到了童年的梦想……

这时，副教授已经泪流满面。我把纸巾盒推给他，他把一叠纸巾铺在脸上，纸巾立刻就湿透了。

许久之后，我说：其实你是用金钱，完成自己的一个愿望。

副教授说：是。

我说：你完成了吗？

副教授说：没有。我这样做，只是得到了暂时的满足。但曲终人散之后，是更深的孤独。我期冀着下一次的欢聚，但也深深知道，之后就是更深刻的寂寞。我好像进入了怪圈，如果不请人吃饭，我很难受。如果请了，我更难受。

我说：所以，看来请人吃饭这件事，并不是救赎你的好方法。且不论你是否有足够的财力支撑这种宾客大宴，也不论人家是不是都会来捧场，起码，你没有从这种方式之中获得解脱。

副教授说：正是这样。

我说：如果你再去祭奠你的父母，请在他们的墓前，表达像我这样的普通中国人，对他们的怀念和对他们所做出牺牲的敬意。

我说：你所蒙受的这种痛苦，也是他们所做出的牺牲。那个时代的人，忽略了对儿女的亲情，让你在一个很少有爱意流露的空间里长大。直到今天，你还在追索这种温暖的家庭氛围。我想，这既有那个时代的必然，也有你父母对你的忽略。这一切，都无法改变。如果你还心存怨怼，你可以到父母的墓前诉说，我相信他们愿意用一切来弥补对你的爱，只是这已不能用通常的方式让你感知。我建议你把这一切都告知你的未婚妻，让她更深入地了解你。这不是你的失控，而是有很深的心结。当这一切都完成之后，我觉得你还可以把事情的原委，告诉你经常聚餐的朋友们，我相信他们也愿意和你一起分担改变。至于请客的频率，你可以订一个计划，逐步减少费用。你看如何？

副教授很认真地想了很久，说：我看可行。

大约半年以后，我接到了副教授的电话，说：我请你吃饭。

我说：谢谢你。谁付费啊？

副教授说：当然是我。

我说：我不去吃。

副教授说：这一顿饭，你一定要吃。这是我的婚礼。

我说：恭喜你们。只是心理医生不能和来访者有宴请之类的关系。我只能在远处祝福你们。

副教授说：我已经提前完成了压缩请客开支的计划，现在已经基本正常了。

我说：从你结婚这件事，我猜你已皆大欢喜。

过了几天，我收到了一包速递来的喜糖。没有喜帖，也没有名字，但我知道它们来自哪里。

怨恨还是快乐，这是一个问题

那天，一位姑娘走进我的心理诊室，文文静静地坐下了。她的登记表上“咨询缘由”一栏，空无一字。也就是说，她不想留下任何信息表明自己的困境。我按照登记表上的字迹，轻轻地叫出她的名字——“苏蓉，你好。”

苏蓉愣了一下，是聪明人特有的那种极其短暂的愣怔，瞬忽就闪过了，轻轻地点点头。但我还是觉出她对自己名字的生疏，回答的迟疑超过了正常人的反应时间。这只有一个解释，那就是“苏蓉”二字，不是她的真名字。

因为诊所对外接诊，我们不可能核对来者的真实身份，很多人出于种种的考虑，登记表上填的都是假名。

名字可以是假的，但我相信她的痛苦是真的。

我打量着她。衣着暗淡却不失时髦，看得出价格不菲。脸色不好，但在精心粉饰之下，有一种凄清的美丽。眉头紧蹙，口唇边已经出现了常常咬紧牙关的人特有的纵行皱纹。

我说：只要不危及你自身和他人的安全，只要无关违反法律的问题，我们这里对来访者的情况是严格保密的。我希望你能填写出你来心理咨询的缘由，这样，你对自己的问题可以有一个梳理，我作为咨询师，也可以更清晰地了解你的情况，加快工作。

听了我的话，她沉吟了一下。抓起茶几上的黑色签字笔，在表格“咨询缘由”一栏，写下了这样一行字：

“怨恨还是快乐？我不知道。这是一个问题。”

这句话套自莎士比亚的名作《哈姆雷特》中王子的独白——“生存还是死亡，这是一个问题！”看来，这位美丽的姑娘为此已思考了很久。

我点点头，表示明白她的困境。对于一般人来说，在怨恨和快乐之间做出选择，根本就不是一个问题。所有的人都会毫不迟疑地选择快乐，这是唯一的答案，此刻的苏蓉却深受困扰。不管她的真名叫什么，我都按照她为自己选定的名字称她苏蓉。此时此刻，名字并不重要，重要的是她真实的苦恼和深在的混沌。

我说：苏蓉，究竟发生了什么，让你如此迷茫？

她微微侧了一下身子，好像要抵挡正面袭来的冷风。

我得了乳腺癌，你想不到吧？不但你想不到，我也想不到。乳腺癌的发病率越来越高，发病年龄越来越低。我还没有结婚，青春才刚刚开始。直到我躺在手术台上，刀子滑进我胸前皮肤的时候，我还是根本不相信这个诊断。我想，做完了手术，医生们就会宣布这是一个天大的误会。没想到病理检验确认了癌症。我在听到报告的那一刻，觉得脚下的大地裂了一道黑缝，我直挺挺地掉了下去，不停地坠呀坠，总也找不到落脚的支点。那是持续的崩塌之感，我彻底垮了。紧接着是六个疗程的化疗，头发被连根拔起，每天看着护工扫地时满簸箕的头发，我的心比头发还要纷乱。胸前刀疤横劈，胳膊无法抬起，手指一直水肿……好了，关于这些乳腺癌术后的凄惨情况，我知道你写过这方面的书，我也就不多重复。总之，从那一刀开始，我的生活被彻底改变了……

一番话凄惨悲切，我关切地望着这个年轻姑娘，感觉到她所遭遇到的巨大困境。她接着说：我辞了外企的高薪工作，目前在家休养。我想，我的生命很有限了，我要用这有限的生命来做三件事情。

哪三件事情呢？我很感兴趣。

第一件事，以我余生的所有时间来恨我的母亲……

无论我怎样克制着自己的情绪，还是不由自主地把震惊之色写满一脸。我听到过很多病人的陈述，在心理咨询室里也接待过若干癌症晚期病人的咨询。深知重病之时，正是期待家人支持的关键时刻，这位姑娘，怎能如此决绝地痛恨母亲呢？

她看出了我的大惑，说：您不要以为我有一个继母。我是我母亲的亲生女儿，我的母亲是一个医生。以前的事情就不去说它了，母亲一直对我很好，但天下所有的母亲都对自己的女儿好，这很正常，没有什么特别的。我要说的是在得知我病了以后，她惊慌失措，甚至比我还要不冷静。她没有给过我任何关于保乳治疗的建议，每天只是重复说着一句话，快做手术快做手术！我一个外行人，主修的专业是对外贸易，简直就是一个医盲。因为我是当事人，肿瘤到底是良性还是恶性的，医生也没敢说得太明确。但我妈妈知道所有的情况，可她就没有做深入的调查研究，也没有请教更多的专家，也不知道还有保存乳房治疗乳腺癌的方法，就让那残忍的一刀切下来了。时至今日，我不恨给我主刀的医生，他只是例行公事，一年经他的手术切下的脏器，也许能装满一辆宝马车。我咬牙切齿地痛恨我母亲。她身为医生，唯一的女儿得了这样的重病，她为什么不千方百计地想办法，为什么不替还没成家还没有孩子的女儿多考虑一番？！她对我不负责任，所以我刻骨铭心地恨她。

我要做的第二件事是死死绑住一个男人。苏蓉说。

看到我不解的表情，她重复道，是绑住他，用复仇的绳索五花大绑。这个男人是我工作中认识的，很有风度也很英俊。他有家室，以前我们是情人关系，常在一起度周末，彼此愉悦。我知道这不符合毕老师您这一代人的道德标准，但对我来说是无所谓的事情。我从来没有要求他承诺什么，也不想拆散他的家庭，因为那时我还有对人生和幸福的通盘设计，和他交往不过是权宜之计。他喜欢我，我也喜欢他，我不贪图他的钱财，他也不必对这段婚外情负有什么责任。可是，当我手术以后重新看待这段感情的时候，我的想法大不相同了。今非昔比，我已经失去了一只乳房，作为一个女人来说，我已不再完整。这个残缺丑陋的身体，连我自己都无法接受，更不能设想把它展现在另外的男人面前。我的这位高大的情人，是这个世界上见证过我的完整、我的美丽的最后一个男人了。我爱他，珍惜他，我期待他回报我以同样的爱恋。我对他说，你得离婚娶我。他说：苏蓉，我们不是说好了各自保留空间，就像两条铁轨，上面行驶着风驰电掣的火车，但铁轨本身是永不交叉的。我说：那是以前，现在情况不同了。打个比方吧，我原本是辆红色的小火车，有名利有地位有钱有高学历，拉着汽笛风驰电掣隆隆向前，人们都羡慕地看着我。现在，火车脱轨了，零件坍落一地，残骸中还藏着几颗定时炸弹，随时都可能引爆。车颠覆了，铁轨就扭缠到一起了，你中有我，我中有你。要么永不分开，要么玉石俱焚。听了我的决绝表态，他吓坏了，说要好好考虑一下。这一考虑就是一个月杳无音信。以前他的手机短信长得几乎像小作文，充满了柔情蜜意，现在消失得无影无踪。我不知道他考虑的结果如何，如果他同意离婚后和我结婚，那这第二颗定时炸弹的雷管，我就暂时拔下来。如果他不同意，我就把他和我的关系公之于众。他是有身份好脸面的人，不敢惹翻我，我会继续不择手段地逼他，直到他答应或是我们同归于尽……

我要做的第三件事，是拼命买昂贵的饰品。

只有这些金光闪闪、晶莹剔透的小物件，才能挽留住我的脚步。我常常沉浸在死亡的想象之中，找不到生存的意义。我平均每两周就有一次自杀的冲动，唯有想到这些精美的饰品，在我死后，不知要流落到什么样的人手里，才会生出一缕对生的眷恋。是黄金的项圈套住了我的性命，是钻石的耳环锁起我对人间最后的温情，是水晶摆件映出我的脸庞，让我感知到生命是如此年轻，还存在于我的皮肤之下……

她的目光没有焦点，嘴唇不停地翕动着，声音很小，有一种看淡生死之后的漠然而坦率，但也具有猛烈的杀伤力。我的心随之颤抖，看出了这佯装镇定之下的苦苦挣扎。

她又向我摊开了所有的医疗文件，她的乳腺癌并非晚期，目前所有的检查结果也都还在正常范围之内。

我确信她的生命受到了严重的威胁，但这不是来自那个被病理切片证实了的生理的癌症，而是她在癌症击打之下被粉碎了的自信和尊严。癌症本身并非不治之症，癌症之后的忧郁和愤怒、无奈和恐惧、孤独和放弃、锁闭和沉沦……才是最危险的杀手。

我问她，你为什么得了癌症呢？

苏蓉干燥的嘴唇张了几下，说：毕老师你这不是难为我了吗？不单我不知道自己是怎样得了癌症的，就连全世界的医学专家都还没有研究出癌症的确切原因。我当然想知道，可是我不知道。

我说：苏蓉你说得很对。每一个得了癌症的人都要探寻原因，他们百思不得其解。而人是追求因果的动物，越是找不到原因的事，就越要归纳出一个症结。在你罹患癌症之后，你的愤怒，你的恐惧，你的绝望，包括你的惊骇和无助，你都要为它们找到一个出口。这个出口，你就选定在……

苏蓉真是个绝顶聪明的女孩，我的话刚说到这里，她就抢先道：哦，我明白了，您的意思是我把得了癌症之后所有的痛苦伤感，都归因到了我母亲身上？

我说：具体怎样评价你和母亲的关系，这是一个很复杂的课题，我们也许还要进行漫长的讨论。但我想澄清的一点是——母亲是你的癌症的首要原因吗？

苏蓉难得地苦笑了一下，说：那当然不是了。

我说：你母亲是一个治疗乳腺病方面的专家吗？

苏蓉说：我母亲是一个基层保健院的大夫，她最擅长的是给小打小闹的伤口抹碘酒和用埋线疗法治痔疮。

我又说：给你开刀的主治医生，是个专家吧？

苏蓉很肯定地说：是专家。我在看病的问题上是个完美主义者，每次到了医院，都是点最贵的专家看病。

我接着说：你觉得主刀大夫和你妈妈的医术比起来，谁更高明一些呢？

苏蓉有点儿不高兴了，说：这难道还用比吗？当然是我的主刀医生更高明了，人家是在英国皇家医学院进修过的大牌。

我一点儿都不生气，因为这正是我所期待的回答。

我说：苏蓉，既然主刀医生都没有为你制订出保乳治疗的方案，你为什么不恨他？

苏蓉张口结舌，嗫嚅了好半天才回答道：我恨人家干什么？人家又不是我家的人。

我说：关键就在这里了。关于你母亲在你生病之后的反应，我相信肯定不是十全十美的，如果给她足够的时间，也许她会为你做得更充分一些。没有为你进行保乳治疗的责任，主要不是在你母亲身上。这一点，不知道你是否同意？

苏蓉沉默了一会儿，说：我同意。

我说：一个人成人之后，得病就是自己的事情了。你可以生气，却不可以长久地沉浸其中，无以自拔。你可以愤怒，却不可以将这愤怒转嫁他人。你可以研究自己的疾病，但却不要寄托太理想太完美的方案。你可以选择和疾病抗争到底，也可以一蹶不振以泪洗面，这都是自己的事情。只有心理上长不大的人，才会在得病的时候，又恢复成一个小女孩的幼稚心理。在我们的文化中，有一种值得商榷的现象。比如小孩子学走路的时候，如果他不小心摔了一个跤，当妈妈的会赶快跑过去，搀扶起自己的孩子，心疼地说，哎呀，是什么把我们宝宝碰疼了啊？原来是这个桌子腿啊！原来是这个破砖头啊！好了好了，看妈妈打这个桌子腿，看妈妈砸这个破砖头！如果身旁连桌子腿、破砖头这样的原因都找不到，看着大哭不止的宝宝，妈妈会说：宝宝不哭了，都是妈妈不好，没有照顾好你。有的妈妈还会特地买来一些好吃的好玩的东西哄宝宝……久而久之，宝宝会觉得如果受到了伤害，必定是身边人的责任……

我的话还没有说完，苏蓉就忍不住微笑起来，说：您好像认识我妈妈一样，她就是这样宠着我的。现在我意识到了，身患病痛是自己的事情，不必怨天尤人。我已长大，只能独立面对命运的残酷挑战并负起英勇还击的责任。

苏蓉其后接受了多次的心理咨询，并且到医院就诊口服了抗抑郁的药物。在双重治疗之下，她一天天坚强起来。在第一颗定时炸弹摘下雷管之后，我们开始讨论那个高大的男人。

我说：你认为他爱你吗？

苏蓉充满困惑地说：不知道。有时候好像觉得是爱的，有时又觉得不爱。比如自从我对他下过最后通牒之后，他就一个劲儿地躲着我。其实，在今天的通信手段之下，没有什么人是能够彻底躲得掉另外一个人的。我只要想找到他，天涯海角都难不住我。我只是还没有最后决定。

我说：苏蓉，以我的判断，你在现在的时刻，是格外需要真挚的爱情。

苏蓉眼睛里立刻蓄满了泪水。她说：是啊，我特别需要有一个人能和我共同走过人生。

我说：你觉得这个人可靠吗？

这一次，苏蓉很快回答道，不可靠。

我说：把自己的生命和一个不可靠的人联系在一起，我只能想象出一场浩大悲剧的幕布。

苏蓉幽幽地吐出一口长气，说：如果我是一个完整的女人，我会很清楚自己该怎么办。但是，我已残缺。

我说：谁认为一个动过手术的女人就不配争取幸福，谁认为身体的残缺就等同于人生的不幸，这才是最大的荒谬呢！

苏蓉那一天久久地没有说话。我等待着她。沉默有的时候是哺育力量的襁褓。毕竟，这是一个严峻到残酷的问题，谁都无法代替她的思考和决定。

后来她对我说：回家后流了很多的泪，纸巾用光了好几盒。她终于有能力对自己说：我虽然切除了一侧乳房，依然是完整的女人，依然有权利昂然追求自己的幸福。能坦然地接受我，珍惜我，真正看重我的内在，这样的男人才是我要的伴侣。建立在要挟和控制之上的情人关系，我不再保留。

我们最后谈到的问题，是那些美丽的饰品。

我说：我也喜欢饰品呢，但是仅仅限于在饰品店中隔着厚厚的玻璃欣赏。我记得一位名人说过，全世界的女人都喜欢饰品和丝绸，喜欢它们闪闪发亮的光泽和透明润滑的质感。面对钻石的时候，会感觉到几千万年的压力和锤炼，才能成就那种非凡光辉。

苏蓉一副遇到知己的快乐，说：您也喜欢饰品，这太好了。

我说：饰品虽好，但生活本身更美好。让我留在这个世界上的动力，是我要做的事情和我身边的友情，当然，还有快乐。

苏蓉轻轻笑道：我的看法和您是一致的。从此以后，我会节制自己买饰品的欲望。可能常去看看，但不会疯狂地购买了。至于以前买下的饰品嘛，我想自己留下一部分，然后把一些送给朋友们。我还是很喜爱金光闪闪和玲珑剔透的小物件，但我不必像铁锚一样把它们紧紧地抓在手里，生怕一松手遗失了它们，就等于丢掉了自己的性命……我不必用没有温度的饰品来锁住自己，相反，我将用它们把我的生活打扮得更光彩夺目。

终于，分离的日子到了。当最后一个疗程结束，苏蓉走出诊室的时候，我目送着她。我已经无数次经历过这样的时刻，伤感又令人振奋。一个心理咨询师所有的努力，都是为着这一天的早日到来。苏蓉握着我的手说：毕老师，我就不和您说再见了，咱们就此别过。因为我不想再见到您了。这不等于说我不感谢您，不怀念您。也许正是因为知道难得再见，我的思念会更加持久和惆怅。今后的某一天，也许是黎明日出时分，也许是皓月当空的时候，也许是正中午也说不定，您的耳朵根子会突然发热，那就是我在远方深情地呼唤着您。我不见您，是相信我自己有能力对付癌症，不论是身体的癌症还是心理上的癌症，只要精神不屈，它们就会败退。怨恨和快乐，这不再是一个问题，今后的关键是我如何建立自己的心情乐园。顺便说一句，即使是我的癌症复发，即使我的生命走到尽头，我相信，只要我有意识地选择快乐，谁又能阻挡我呢?

喜欢长发和一见钟情的男生

接到一封读者来信，是一个名牌大学的男生写来的。他说恋爱过程连战累挫，女友抛弃了他，他很痛苦，简直丧失了活下去的勇气。他问我拯救自己的方式，是否应马上进入下一场恋爱？以前的每一位女友都有飘逸的长发，都是一见钟情。他说：我还要找一头长发的女孩，还要一见钟情。

通常的读者来信，我是不回的。但这一封，让我沉吟。他谈到了一个我不能同意的救赎自我的方法，我想对长发谈点儿看法。因为长发对他而言成了一种绝望与新生的象征。

早年间，看到很多女孩留长发，司空见惯了，也不去寻找这后面所包含的信息。后来，我偶然发现一位已婚女友的发式常变化，有时是长发，有时是短发。刚开始我以为这是她出于美观或是时尚的考虑，后来她告诉我这和她的婚姻状况有关。如果这一阶段与她的丈夫关系不错，她就梳短发；如果关系很僵，她就留长发。我说：哦，我明白了，头发和爱情密切相关。她笑话我说：亏你还是个作家呢，难道不知头发是人的第三性征？

后来，我见到她稳定地梳起了马尾巴。说实话，那一头飘扬的长发（她的发质不错），和她满脸的皱纹实在是有些不相宜。好在我明白了头发的意义，对她说：你是下定了离婚的决心，要重新寻找新的伴侣了。

她有些惊奇，我还没来得及告诉你，你怎么就知道了？

我说是你的头发出卖了你。她抚摸着头发说：这是爱情的护照。

从那以后，我就对长发渐渐地留意起来。

女性的头发的样式表示她的婚姻状况，这是一种集体无意识，已经深深地刻在我们的骨骼上了。女孩子为什么要留长发？首先因为一个人的头发是一个很好的晴雨表，可以反映这个人的健康状况。在中医学里，称“发为血之余”。一个人的头发是否健康，表示着他的血脉是否丰沛充盈，生命力是否蓬勃旺盛。服饰可以调换，颜面可以化妆，但一个人的头发，是不能全面颠覆的。血自骨髓来，骨髓是一个人先天后天的精华之府。在骨髓的后面站着——肾。“肾主骨生髓”，这才是关键所在。

众所周知，在东方人的文化中，“肾”并不仅仅是一个泌尿器官，而且和人的生殖系统有着极为密切的关系。

好了，现在我们已经逐渐捅到了问题的核心。长发在某种意义上，表达的是这个人“肾”的健康状况，也就是间接地反映着他的生殖潜能。当你以为只是展示你飘扬的长发的时候，你其实是在暴露你的健康史。

所以，一般说来，未婚的和期望求偶的女子，爱留长发。如果一个未婚女孩梳个短发，大家就会说她像个“假小子”。女子在结婚的时候，会把头发来一个改变，正如那首著名的歌曲中唱到的：“谁把你的长发盘起，谁给你做的嫁衣？”

如今，对女子头发的要求，是越来越苛刻了。君不见某些品牌的洗发水广告，拍出的长发美女，那头发的长度已经到了一挂黑瀑的境地。画面曲折表达的意思是——你想赢得性感高分吗？请向我看齐。潇洒到形销骨立的刘德华干脆说：我的梦中情人一定要有一头亮丽乌黑的长发。潜台词即是：你想成为著名歌星的梦中情人吗？此处有一个绝好的机会——请用我们这个牌子的洗发水吧！

不厌其烦地就头发讨论了半天，是想说明“性”这个因素是仅次于“食”的人类基本本能之一，它的影响力不可低估。它在很多时候，涌入到我们生活的种种缝隙中，以“缘分”甚至是“思想”这类面孔闪亮登场。

再来说说一见钟情。我是医生出身，见过若干关于“一见钟情”的生物学分析。在那些神话般的境遇之中，很可能是男女双方的体味在相互吸引，要么就是基因的配型有着某种契合，还有免疫互补……甚至，童年经验也在润物细无声地影响着我们。不要把“一见钟情”说得那么神秘，那么不可思议。我们不是生活在真空中，很多以为虚无缥缈的事件背后，有着我们今天还不能彻底通晓的物质基础。

在我们以为是天作之合的帷幕下，有时埋伏着的不过是人的本能这个老狐狸。我在这里绝没有鄙薄本能的意思，但作为主人，知道有乔装打扮的本能先生混在客人堆里一个劲儿地劝酒，觥筹交错时就要提防酩酊大醉，以防完全丧失了理智，被本能夺了嫡。

本能这个东西，委实有意思，魔力就在于我们能否察觉它。它习惯在暗中出没，魔法无边。我们被它辖制而不自知，它就是君临天下的主宰。但是，如果把它揪到光天化日之下，它就像雪人一样瘫软乏力。假设那位来信的男生，知道了他期望找到一位长发女友这一标准，不过是要查询和检验一个女子的生殖系统潜能和最近若干时间以来的健康状况，那么，他在考虑长发因素的时候，可能就有了更多的角度和更宽容的把握。

本能是很会乔装打扮的，它不狡猾，但它善变。能够识出它的种种变相，不仅要凭一己的经验，也要借助他人的心得和科学的研究。

如果有人现在对那个男孩子讲，你选择女友的标准只是看她如何性感，我猜他一定要反驳，说根本就不是那样浅薄，我们情投意合，我们非常默契，我要找到的就是和她在一起的这一份独特的感觉……

其实在婚姻这件事上，绝对的好或是绝对的坏，大约是没有或是极少的，有的只是常态，只是平衡，只是相宜。单凭某个孤立的条件来寻找爱人，只怕是不够成熟的表现。你是一个什么人，你可要先认清，才好去寻找一个和你相宜的人。我很喜欢一个词，叫作“志同道合”，人们常常以为这句话是指事业，我觉得写予婚姻更妙。

有的年轻朋友会说：我找的是伴侣，火眼金睛地把对方认清了不就得了，干吗先要从自己开刀？

理由很简单。忠诚的人只能欣赏忠诚，而不能欣赏背叛；诚恳的人只能接纳诚恳，而不能接纳谎言；慷慨的人可以忍受一时的小气，却不会喜欢长久的吝啬；怯懦的人可以伪装暂时的勇气，却无法在无尽的折磨中从容。谁想用婚姻改造人，只是一个幻彩的泡沫，真实只能是——人必然改造婚姻。

恋爱、婚姻是一个寻找对方更是寻找自己的过程。你整个的价值观和思想体系，都在这种亲密无间的关系中得以延伸和凸显。

如果你把金钱当作人生的要素，你就不要寻找一个侠肝义胆的爱人。因为你即使在危难中曾受惠于他，但那是他的禀性，而非对你的赞同。当有一天你祭起“金钱至上”的大旗，无论你怎样娇姿百媚，还是挽不回壮士出走的决心。

如果你荆钗布裙安于寡淡，就不要寻找一个有鸿鹄之志的爱人。即使你以非凡的预见知道他会直抵云天，也不要向这预见屈服，把自己的一生押了出去。否则他的翅膀上坠着你，他无法自在遨游时，你也会被稀薄的空气掠得胆战心惊。

如果你单纯以色相示人，就要准备在人老色衰的时候被厌恶和抛弃。如果你喜欢夸夸其谈，你就等着被欺骗的结局。

物以类聚，人以群分。失恋男生喜欢长发和一见钟情，他就不断地被这些吸引。他把恋爱当成了一道算术题，当一个答案打上红叉的时候，他赶忙用橡皮擦掉笔迹，在毛糙的纸上写下另一个答案，殊不知他早已将题目抄错。

不要把长发当成唯一，一见钟情也没有什么神秘。我手头就有若干个例子，某些离散的婚姻，往往始于绚烂无缺的开端。比起开头来，人们更重视过程和结尾，这就是“创业难守业更难”，这就是“行百里者半九十”

的含义。

我在一个有鸟鸣的清晨给这位男生回信。因为我已心境沧桑，而对方是一位青年，人在清晨的时候心脉比较年轻。我说：不要把人生匆匆结束，不要把恋爱匆匆开始，你把一件事做完再做另一件事好吗？

他很快给我回了信。他说：不是我没有做完，而是事情已经被女友提前结束。我复信说：为了你一生的幸福，你要把爱的前提好好掂量，为此花费一点儿时间是值得的。没想清楚之前，就不算真正结束。我明白你想用新鲜替代腐烂，想把新发丝黏结在旧发丝上让它随风飘扬……可你见过馊了的牛奶吗？如果你不把酸奶倒掉，不把罐子刷洗干净，便把新鲜牛奶倒进去，那么，只怕很快我们就又要捂起鼻子了……

他已经久未来信了。我不知他是生我的气了，还是已酝酿了清新的爱情？

温暖的荆棘

这一天，咨询者迟到了。我坐在咨询室里，久久地等候着。通常，如果来访者迟到太久，我就会取消该次咨询。因为是否守时，是否遵守制度，是否懂得尊重别人，都是咨询师需要以行动向来访者传达的信息。试想一下，如果一个人在没有不可抗力的情况下，对准备帮助自己的人都不能践约，你怎能期待他有良好的改变呢？再说，重诺守信也是现代社会的基本礼仪。因为等得太久，我半开玩笑地问负责安排时间的工作人员：这是一位怎样的来访者，为什么迟到得这样凶？

工作人员对我说：请您不要生气，千万再等等他们吧。我说：他们是谁，好像打动了你？为什么你的语气充满了柔情，要替他们说好话？我记得你平常基本上是铁面无私的，如果谁迟到超过十五分钟你都会很不客气。

工作人员笑着说：我平常是那么可怕吗？就算铁石心肠也会被那个小伙子感动。他们是一双外省的青年男女，失恋了，一定要请你为他们做咨询，央求的时候男孩嘴巴可甜了。现在他们正坐火车往北京赶呢。大雨倾盆阻挡了列车的速度，小伙子不停地打电话道歉。

我说：像失恋这样的问题，基本上不是一次两次咨询就可以见到成效的。他们身在外地，难以坚持正规的疗程，不知道你和他们说过吗？

工作人员急忙说：我都讲了，那个男生叫柄南，说他们做好了准备，可以坚持每周一次从外地赶来北京。

原来是这样。那就等吧。原本是下午的咨询，就这样移到了晚上。他们到达的时候，浑身淋得落汤鸡一般，女孩子穿着露肚脐的淡蓝短衫和裤腿上满是尖锐破口的牛仔裤，十分前卫和时髦的装束，此刻被雨水胶在身上，像一个衣衫褴褛的丐帮弟子。她叫阿淑。

柄南也被淋湿，但因他穿的是很正规的蓝色西裤和白色长袖衬衣，虽湿但风度犹存。柄南希望咨询马上开始，这样完成之后，还能趁着天不算太黑去找旅店。

工作人员请他们填表。柄南很快填完，问：可以开始了吗？

我说：还要稍微等一下。有个小问题：吃饭了吗？

吃了。两个人异口同声地回答。

我又问：吃的是哪一顿饭呢？

他们回答说：中午饭。

我说：现在已经过了吃晚饭的时间。空着肚子做咨询，你们又刚刚经历了这么大的风雨，怕支撑不了。这里有茶水咖啡和小点心，先垫垫肚子再说。

两个人推辞了一下，可能还是冷饿占了上风，就不客气地吃起来。点心有两种，一种有奶油夹心，另一种是素的。阿淑显然是爱吃富含奶油的食品，把前一种吃个不停。柄南只吃了一块奶油夹心饼之后就专吃素饼了。看得出，他是为了把奶油饼省给阿淑吃。其实点心的数量足够两个人吃的，他还是呵护有加。

等到两人吃饱喝足之后，我说：可以开始了。

柄南对阿淑说：你快去吧。

我说：不是你们一起咨询吗？

柄南说：是她有问题，她失恋了。我并没有问题，我没有失恋。

我说：你是她的什么人呢？

柄南没有正面回答我的问题，只是说：她是我的女朋友。

我说：难道失恋不是两个人的事吗？为什么她失恋了，你却没有失恋？

柄南说：你慢慢就会知道的。

我真叫这对年轻人闹糊涂了。好比有一对夫妻对你说他们离婚了，然后又说女的离婚了，男的并没有离婚……恨不能就地晕倒。

咨询室的门在我和阿淑的背后关闭了。在这之前，阿淑基本上是懈怠而木讷的，除了报出过自己的名字和吃了很多奶油饼外，她的嘴巴一直紧闭着。随着门扇的掩合，阿淑突然变得灵敏起来，她用山猫样的褐色眼珠迅速睃寻四周，好像一只小兽刚刚从月夜中醒来。在我面前坐定伸直她修长的双腿之后的第一句话是——您的这间屋子隔音性能怎么样？

我还是第一次碰到来访者问这样的问题，就很肯定地回答她：隔音效果很好。

阿淑还不放心，追问道：就是说，咱们这里说什么话，外面绝对听不到？

我说：基本上是这样的，除非谁把耳朵贴在门扇上。但这大体是行不通的，工作人员不会允许。

阿淑长舒了一口气，说：这样我比较放心。

我说：你千里迢迢地赶了来，有什么为难之事呢？

阿淑说：我失恋了，很想走出困境。

我说：可是看起来你和柄南的关系还挺密切啊。

阿淑说：我并不是和他失恋了，是和别人。那个男生甩了我，对此我痛不欲生。柄南是我以前的男友，我们早已不来往好几年了。现在听说我失恋了，就又来帮我。陪着我游山玩水，看进口大片吃美国冰激凌，您知道这在外省的小地方是很感动人的。包括到北京来见您，都是他的主意……阿淑说话的时候不时地看看门的方向，好像怕柄南突然把门推开。

我说：阿淑，谢谢你对我的信任，让我对你们的关系比较清楚一点儿了。那么，我还想更明确地听你说一说，你现在最感困惑的是什么呢？

阿淑说：天下没有免费的午餐，当然也没有免费的人陪着你走过失恋。现在的问题是，我要甩开柄南。

说到最后这一句话的时候，阿淑把声音压得很小，凑到我的耳朵前，仿佛我们是秘密接头的敌后武工队员。

我在心底忍不住笑了——在自己的咨询室里，我还从来没有过这样鬼鬼祟祟的样子呢。面容上当然是克制的，来访者正在焦虑之中，我怎能露出笑意？我说：看来你很怕柄南听到这些话？

阿淑说：那是当然了。他一直以为我会浪子回头和他重修旧好，其实，这是根本不可能的。谢谢他，我已经从旧日的伤痕中修复了，可以去争取新的爱情了，但这份爱情和柄南无关。我到您这儿来，就是想请您帮我告诉他，说我并不爱他。我是失恋了，但这并不等于他盼来了机会。我会有新的男朋友，但绝不会是他。

我看她去意坚决，就说：你已经想得很清楚了？

阿淑说：是的，很清楚了。就像白天和黑夜的分割那样清楚。

我说：这个比方打得很好，让我明白了你的选择。但是，我还有一点很疑惑，你既然想得这样清楚，为什么不能说得同样清楚呢？你为什么不自己对柄南大声说分手？你们朝夕相处，肯定不止有一百次讲这话的机会。为什么一定要千里迢迢地跑到北京来，求我来说呢？

阿淑把菱角一样好看的嘴巴撇成一个外八字，说：您怎么连这都不明白？我不是怕伤害他嘛！

我说：你很清楚你不承认是他的女朋友，就伤害了他？

阿淑说：几年前，我第一次离开他时，他几乎吞药自杀，好不容易才缓过神来。这一次，真要出了人命关天的事，我就太不安了。

我说：阿淑，看来你内心深处，还是一个善良的女孩。只是，当你深陷在失恋的痛苦中时，你明知自己无法成为柄南的女友，还是要领受他的关爱和照料，因为你需要一根救命的稻草。现在，你浮出了旋涡，就想赶快走出这种暧昧的关系。只是，你不愿意看到这种悲怆的结局，你希望能有一个人代替你宣布这个残忍的结论，所以你找到了我……

阿淑说：您真是善解人意。现在，只有您能帮助我了。

我说：阿淑，真正能帮助你的人，只有你自己。虽然我非常感谢你的信任，但是，我不能代替你说这样的话，你只有自己说。当然了，这个“说”，就是泛指表达的意思。你可以选择具体的方式和时间，但没有人能够替代你。

阿淑沉默了半天，好像被这即将到来的情景震慑住了。她吞吞吐吐地说：就算我知道了这样做是对的，我还是不敢。

我说：阿淑，咱们换一个角度想这件事。如果柄南不愿意和你保持恋人的关系了，你会怎样？

阿淑说：这是不可能的。

我说：世上万事皆有可能。我们现在就来设想一下吧。

阿淑思忖了半天，说：如果柄南不愿意和我交朋友了，我希望他能当面亲口告诉我这件事。

我说：对啊。己所不欲，勿施于人。如果柄南找到一个第三者，托他来转达，你以为如何呢？

阿淑咬牙切齿地说：那我会把第三者推开，大叫着好汉做事好汉当，千方百计找到柄南，揪住他的衣领，要他当面锣对面鼓地给我一个说法、一个解释、一个理由、一个结论！

我说：谢谢你的坦诚，答案出来了。失恋这件事，对于曾经真心投入的男女来说，的确非常痛苦。但再痛苦的事件，我们都要有勇气来面对，因为这就是真实而丰富多彩的人生的本来面目。困境时刻，恋情可以不再，但真诚依旧有效。对于你刚才所说的“四个一”，我基本上是同意一半、保留一半。

阿淑很好奇，说：哪一半同意呢？

我说：我同意你所说的——对失恋要有一个结论一个说法。因为失恋这个词，你想想就会明白，它其中包含了个“失”字，本质就是一种丧失，有物质更有精神的一去不复返，有生理更有心理的分道扬镳。对于生命中重要事件的沉没，你需要把它结尾。就像赛完了一项马拉松或是吃完了一顿宴席，你要掐停行进中的秒表，你要收拾残羹剩饭刷锅洗碗。你不能无限制地孤独地跑下去，那样会把你累死。你也不能面对着曲终人散的空桌子发呆，那渐渐腐败的气味会像停尸间把人熏倒……

阿淑说：这一半我明白了，另一半呢？

我说：我持保留意见的那一半，是你说在失恋分手的时候要有一个解释、一个理由。

阿淑说：我刚才还说少了，一个解释、一个理由哪里够用？最少要有十个解释、十个理由！轰轰烈烈的一场生死相依，到头来悄无声息地烟消云散了，还不许问为什么，真想不通！郁闷啊郁闷！

我说：我的意思不是瞒天过海什么都不说，不是让大家蒙沉云里雾中，死也是个糊涂鬼。人心是好奇的，人们都愿意寻根问底，踏破铁鞋地寻找真谛。这在自然科学方面是个优良习惯，值得发扬光大，但在情感问题上，刨根问底要适可而止。失恋分手已成定局，理由和解释就不再重要。无论是性格不合还是家长阻挠，无论是两地分居还是第三者插足，其实在真正的爱情面前，都不堪一击。没有任何理由能粉碎真正的伴侣，只有心灵的离散才是所有症结的所在。理由在这里不再重要，重要的是你要接受现实。

阿淑点点头说：我明白您的意思了。我应该有勇气面对自己的失恋，我不能靠着柄南的体温来暖和自己。

况且，这体温也不是白给的，他需要我用体温去回报。温暖就变成了荆棘。

我说：谢谢你这样深入地剖析了自己，勇气可嘉。特别是体温这个词，让我也百感交集。本来你们重新聚拢在一起，是为了帮你渡难关，现在，一个新的难关又摆在你们面前了。

阿淑身上的湿衣已经被她年轻的肌体烤干了，显出亮丽的色彩。她说：是啊，我很感谢柄南伸出手来，虽然这个援助并不是无偿的。现在，我要勇敢地面对这件事了，逃避只会让局面更复杂。

我说：好啊，祝贺你迈出了第一步。天色已经不早了，你们奔波了一天，也需安歇。今天就到这里吧，下个星期咱们再见。

阿淑说：临走之前，我要向您交一个功课。

这回轮到我摸不着头脑，我说：并不曾留下什么功课啊！

阿淑拿起那张登记表，说：这都是柄南代我填的，好像我是一个连小学二年级都没毕业的睁眼瞎，或是已经丧失了文字上的自理能力的废人。他大包大揽，我看着好笑，也替他累得慌。可是，我不想自己动手。我要做出小鸟依人的样子，让柄南觉得自己是强大的，让他感觉我们的事情还有希望。现在，我知道在这个问题上，我利用了柄南，自己又不敢面对，就装聋作哑得过且过。现在，我自己来填写这张表，我不需要您代替我对他说什么了，也不需要他代替我填写什么了。

我真是由衷地为阿淑高兴，她的脚步比我最乐观的估量还要超前。

看着他们的身影隐没在窗外的黑暗中，我不知道他们还会并肩走多远，也不知道他们的道路还有多长，但我想他们会有一个担当和面对。工作人员对我说：你倒是记着让来访者吃点心当晚饭，可是你自己到现在什么也没吃啊。

我说：工作之前不会觉得饿，工作之中根本不会想到饿。现在工作已经告一段落，饿和不饿也不重要了。

冰雪篱笆

一位男医生对我说：我有一个男病人，说他的妻子是世界上最冰冷的女人，我想请你同她谈谈，不知你能否答应？我一时没反应过来，开玩笑道：世上最冰冷的女人，大概要数《泰坦尼克号》中的罗斯小姐，那种冰海中的长时间浸泡，冻彻肺腑，真乃人间酷刑。

男医生说：喔，不是那种体温上的冰冷，是性的冷淡。经过多方面的探讨，我是束手无策了。转介给你，女性之间的对话，可能较为方便。

我严肃起来道：你先说说她丈夫是怎样求诊的。

医生道：那丈夫说他和妻子是大学的同学，真是男才女才、男貌女貌啊……

我忙说：停停。请解释。什么意思？绕口令似的。

医生道：是啊，当时我也听得一头雾水，要他说得清楚一点儿。那丈夫道：这是同学们的评价，意思是说我们两个，就是我和我妻子，都很有才华，相貌也同属上乘。古戏中说的是男才女貌，对我们来说，每个人都有才，也每个人都有貌。若我们两个结合起来，双才双貌，色艺俱佳，那就好事占绝，无往不胜。

我忍不住问道：喔，天下有这样的佳偶，真是难得。依你的眼光看，这做丈夫的说的可确实？

医生笑笑道：我知你开始介入情况了，想了解一下这对夫妇对现实状态的感觉，是否在常规之内。是的，常常有这种人，自我感觉太好，对自己的评价和对他人的评价，走进了误区。把自己神化把他人妖魔化。如果来人是这种情况，倒比较简单。我仔细观察了这个男子，天庭饱满，地阁方圆，谈吐有方，很有学养，合乎法度。只是神色忧郁。看来他对现实的把握是正常的。

我说：那么，他的妻子，你见了吗？

男医生说：见了。正因为见了，才更觉糊涂。他的妻子是一位优雅智慧的知识女性，能很开放地同我谈论他们夫妻间的性生活不和谐问题，并说双方到医院做了各项检查，所有的指标都显示正常。

所以，我是没办法了，看你可有什么妙计一安天下。因为我不但从医生的角度，更从一个男人的角度出发，同情理解那个丈夫的苦恼，希望你能和他的妻子开诚布公地谈谈，看是什么症结在阻挠着这位生理上完全正常的女性，无法全身心地爱她的丈夫。

我说：试试吧，我也没有很大的把握。

和那位妻子见面的第一瞬间，我就承认男医生的判断完全正确。这是一位外表看起来无懈可击的正常女性，白领装束，风度翩然。

我说：从哪里开始谈呢？

她说：就从基因开始吧。（为了称呼的方便，我就叫她茵。）

我说：为什么从这里开始呢？好像一个生物实验室似的。

茵笑了，说：基因几乎就是我和丈夫结合的红娘啊。

我讶然，问道：这是怎么回事？

她说：您知道，大学是个谈恋爱的好地方。几乎所有杰出还是不怎么杰出的男生女生，都希望在大学的校园里，找到自己的另一半。人们不但自己辛辛苦苦地找着，还用自己的眼光，为别人操劳着。在这方面，人可以说是充满了搭配组合的欲望，甚至有一种游戏和测验的味道。男宿舍和女宿舍的学生经常议论班上谁和谁合适，这是半夜三更时分永久的话题。

我和我的丈夫，就是在这种氛围内走到一起的。所有的人，都说——你们是多么般配的一对啊。

是的，不是我自夸，我的容貌和智商，都在女人当中属于上乘。我说这一点，没有炫耀的意思，只是实事求是。

茵说到这里，看着我。我知道需要给她一个回馈，我用力地点点头。不但是出于礼貌，更是出于赞同。

茵接着说下去：

我的先生，也很棒。有句俗话，众口铄金，意思是群众舆论的力量非常大。我相信这句话。人们都说你们合适，熟悉你的人这样说，刚刚认识不久的人也这样说，你的家人这样说，你的仇人也这样说。你就觉得这件事有点儿神秘，有点儿宿命，甚至有点儿在劫难逃。说的人多了，你就有一种顺从感，并在其中感觉安全，以为这是一桩保险的婚姻。

后来，我们果真结婚了。刚开始的时候，我们夫妻生活很幸福，那种滋润有流光溢彩的美容效果，是能够反映到皮肤上的。认识我的人都说，你越来越俏皮了，什么时候添宝宝啊？你们的孩子，一定结合了双方的优点，又聪明又漂亮……

说到这里，茵的目光突然黯淡了。她停顿了片刻，懒懒地说下去：

生了宝宝之后，有一段我忙着照料孩子，丈夫也很体谅我，夫妻生活那方面很少要求。后来，请了保姆，孩子有人照料，另居一室。当我们有机会开心地鸳梦重温时，我才突然发现，我所有的兴趣都丧失殆尽，整个人如同槁木死灰。这不是心理上的原因，我爱我的丈夫，我希望他快乐幸福，但是，我身体不听我的指挥，它抗拒厌恶这种活动，像石块一样毫无反应。当时我想，可能是生育的变化，强烈地改变了我的机能，随着时间的推移，就会慢慢恢复。我把这个感受同我丈夫讲了，他通情达理，很理解我，愿意等待我复原。我们就这样等着，试着……但是，至今已经整整七年了，女儿已经从襁褓走进了小学校，但我和丈夫的夫妻生活没有丝毫好转。我已尽了所有的力量，可是身体不是电脑，它不听你的命令，顽强地抵抗着。我身不由己，非常痛苦……

茵讲到这里，停下来，眼巴巴地看着我，希望我能批出一条秘诀。

我看着她，心想：看来，他们夫妻感情上很恩爱，生理上也经过反复测查，排除了器质性疾患，症结究竟在哪里呢?

突然，一个有关时间的概念强烈地提示了我——“生了宝宝之后”。

我说：生了宝宝之后，发生了什么事情呢?

我在心中飞快地假设了多种可能性，没想到茵回答我说：没发生任何事情。当然，有了宝宝，时间比以前紧张，身体操劳了，但是，这都不是决定的因素。你可以看出来，我的身体很好。

是的。我看得出来，她营养状态不错，既不臃肿也不细弱，正是少妇生机勃勃的年华。

我的直觉让我坚持“时间”这个变量。总觉得在这个时段，发生了什么。她的否认，让我感到按着通常的逻辑，似乎不能解释。我细细地回忆着她说过的每一个字，猛然，我想到了对话时，她那个少见的开头——基因。

我说：你相信基因吗？

她苦笑了一下说：又信又不信。

我追问：此话怎讲？

她说：信，是因为那是科学，中国外国的报纸都在讲。龙生龙凤生凤，你不信行吗？要说不信，嗨……我和丈夫的基因都不错……算了算了，不谈了。她万分沮丧地低下了头。

我感到自己正在接近那个谜团的核心。虽然追问下去看起来是一种残忍，但也许正是要害所在。我说：我看你一下子变得垂头丧气的，能否告诉我，这和基因有什么关联吗？

她痛苦地低下了头。由于她的头低得很深，我无法知道她的面部表情。当她再次抬起头，我才看到她泪水滂沱。

我说：看到你非常难过，我也很不好受。能告诉我，你想到了什么？

她吃力地说：不是想到，是看到……第一次看到的时候，我几乎昏了过去。

说着，她从自己精巧的手提包夹层里，掏出一张照片，递给我。

我看到了一个女孩。扁扁头，肿眼泡，塌鼻子，瘪嘴巴，稀疏的头发……天啊，几乎所有女孩子长相上的忌讳，这小姑娘都犯全了。

这是……我迟疑着没敢把话说完整。

是的，这是我的女儿。这就是基因的故事。我和我丈夫的基因都那么卓越，可是组合在一起，怎么就成了这个样子？我恨这种男女结合，它是一种魔鬼的戏法。它能把优秀化成腐朽，它要弄人，它把一种灾难、一种命运的不可知性强加给我，它让我一看到这个孩子，就对性的活动产生了强烈的憎恶感。它是蛇蝎出没的烂泥潭，给你片刻的欢愉，然后是无尽的恐怖和烦恼。直到你沉没了，它却若无其事地站在一旁冷笑。它把瞬间的事情，化成严酷的绵延的后果。所以，我要反抗它。我要禁绝它对我的再一次迫害。我用冰雪修建篱笆，严丝合缝，它再也休想钻入。我以所有的力量抵御它的诱惑，我不能承受当我第一次看到这个孩子的丑陋容貌时，所遭受的惨痛的挫败，那一刻，我是世上最绝望的母亲……

我忙插入说：不好意思，打断一下，你对女儿怎样？

在这一刻，我真的非常关切那位让母亲大失所望的女儿。

还好。因为我知道这不是她的过错。我不该恨她。要说恨，该恨的是我，是她的父亲，是我和丈夫的这种结合，是制造生命的过程。茵说完紧紧咬着嘴唇。

谈到这里，真相大白了。这位母亲，因为无法接受女儿的容貌，追本溯源，她认为是性的活动导致了男女双方基因的重组，她就在潜意识里抵制夫妻间的性生活。用自己的推理，堆积成一座冰山，把自己冷冻成了“罗斯”。

我说：生命的诞生的确是一个非常复杂的过程。显性遗传隐性遗传，还有许许多多人类无法破解的题目。基因是无罪的，夫妻间的性生活是无罪的，你的女儿也是无罪的。况且，一个人的先天相貌和他后天的发展，也没有完全必然的关系。你的冷漠，归根结底，来源于一种不合理的期望的破灭。你希望有一个漂亮的孩子，这可以理解，却不能把它当成百分之百的真实。一旦达不到理想，你就把愤怒投射到了夫妻生活。

茵看着我，若有所思的样子。久久，喃喃地说：喔喔，原来，是这样啊。其实，有了现代的避孕工具，悲剧就不会重演。再说，基因的组合，也是人类无法控制的概率……

我欣喜地看着她，知道冰雪已渐渐消融。

婚姻在差异中成长

在我的咨询室里，来过很多婚姻触礁的男人和女人。他们的皱纹连接起来，可能和本初子午线一样长了吧？（夸张了，请原谅。）他们的眼泪汇在一起，会漫浸整个城市的街道，湿了人们的裤角吧？他们寻求改善，希望给濒死婚姻注入强心针，以求爱的重生。那种绝境中的挣扎，让双方的心灵，都溅满了泥污甚至血泊。

我相信，他们曾经相爱过。不少人爱得山崩地裂。然而，激情可以让人走到一起，却不能保证持久的黏合。随着现代社会的不断发展，婚姻双方越来越强调自己在家庭中的独立地位。独生子女的一代，因为缺少兄弟姐妹，他们在如何与人沟通上先天处于不利地位，婚姻生活面临更大挑战。

恋爱中的男女彼此把对方加以神秘地美化，包涵较多，结了婚之后双方都松了一口气，个性伸张，差异充分暴露出来，争吵也在所难免。

原因来自以下几个方面：

第一，两人的个性与成长经历不同。夫妻关系里的个体，首先是“你”和“我”，然后才是“夫”和“妻”。这就决定了人们考虑问题的出发点，会先从自身的思维惯性出发，爱并不能改变一切。这世界上从来不存在两片完全相同的叶子，也不存在两个完全相同的个体。让我们退一万步设想：假设这世界上真有两个思维方式和个性完全相同的男女结成了夫妻，你起床他也起床，然后两个人讲述一模一样的梦境，穿起同样颜色的衣服，写下一模一样的文字……两个人倒是不会吵架，但这不仅是无趣的，简直就是恐怖！心理学家研究证明，人们在寻觅伴侣时，会搜找那些与自己有很多基本相似点的对象，但随着了解的逐步增多，也会剔除那些与自己相似程度过高的个体。

第二，婚姻双方对婚姻的期许与理解不同。有人会期待婚姻中的情感交流多一些，更多花前月下琴棋书画；有人则觉得结婚就是过日子，浪漫应该向柴米油盐举手投降。由于对婚姻的期望值不同，在同一个屋檐下开始耳鬓厮磨后，会因诸多杂事和细节产生摩擦。更不消说那些可能触及个体较深层次的差异，更是成了敏感的“雷区”，一经碰撞，就会引发剧烈的争执。很多争执并不会因为时间的流逝而渐渐褪色，如果没有经过良好的沟通，很可能会酿成经久不息的纷争。

第三，沟通方式和讲话艺术的欠缺。有人以为这是一个小问题，觉得在自己家里，不用讲方式方法，不必掂量轻重缓急，有什么就说什么，想到哪里就说到哪里。明明说过了，还一再重复。陈谷子烂芝麻的事儿，随心所欲地唠唠叨叨……要知道这些都是如同盐酸一样的强腐蚀剂，长久下去，很可能会让婚姻走到崩溃和破裂的边缘。

反观那些关系良好的夫妻，不是不存在争吵，而是在争吵中学会了如何面对差异。

第一，从了解自己的原生家庭入手，明了自己是个怎样的人。每个人受父母和原生家庭潜移默化的影响，远比我们想象的更多和更深远。每个人对婚姻的认识，都是从父母处学来，都打着深深的“原生家庭”烙印。可惜没有课堂专门传授这方面的知识，也没有老师会来为你梳理这些日积月累固定在你头脑中的看法。整理这些继承来的经验教训，找到其中的精华，剔除其中的糟粕，建立起自己的婚姻观和家庭规则，这是消弭争吵的一块必要基石。

第二，双方开诚布公地讨论彼此对于人生的目标和对婚姻的期待。很多时候人们的压力都来自目标的不明确。人们对婚姻可能有种种想法，人们常常以为对方理所当然地会体察自己，大家和谐相处，真实的情况却是事与愿违。其实，每个人都是一个独立的世界，发生争吵并不可怕，在良性发展的家庭中，争吵甚至是一种特殊的沟通方式。当然了，我们要学会比争吵更好的交流手段，促膝谈心之后，往往会发现差异其实并没有想象的那么大。大家都会同意：婚姻生活绝不是简单的“一起过日子”，还包含着许多更深层次的心理契合，比如支持、信任、爱与包容。这些高层次的情感源自夫妻双方对彼此共同点的赞成和欣赏，在共同的合作与行动中加深默契。面对差异时，不耐烦、惶恐或是退缩都是正常现象。但要想良好地解决差异，合作必不可少。

最后一条是，解决差异的核心法则是“求大同，存中异”。这世界上总有些矛盾不可调和，那些来自最根本价值观和世界观的差异，是单纯的沟通和交流所不能解决的。面临“大异”，夫妻多半只有离婚一条路可走，平和分手就是，也不必旷日持久地争吵。鸡毛蒜皮的“小异”，虽然可能一时间火花四溅，不必紧张，随着彼此交流技巧的娴熟，也会因为爱与包容而自行解决。至于那些引发争吵的“中异”，需要更多的智慧和手法来化解，这是人们毕生的功课之一。

我很欣赏心理学家萨提亚的一句话：我们因相似而在一起，却因为差异而成长。家庭关系不仅需要共同欣赏彩虹般的温馨，也要有在暴风雨中化解差异的勇气。完美和谐的家庭，会因为差异的存在而变得更加美丽。

我的恋爱为什么总是无疾而终？

我开诊所的时候，有一天来了一位美丽的姑娘。她的外表看起来几乎无懈可击：身材玲珑有致，充满了女性的味道，但绝不张扬。皮肤有一种珍珠般的柔和光泽，莹莹闪光而不烁目，头颈上下浑然一体，没有任何泾渭分明的色差界线，看得出是天生丽质，不是蜜粉涂抹化妆所为。五官很清俊，搭配在一起，鹅蛋脸，柳眉入鬓，只是嘴巴有点儿大，和中国古代的仕女形象有一点儿区别，但我知道，如今大嘴巴正是性感的标志。一袭粉蓝色的职业装，双腿优雅地叠架在一起，浑圆的膝盖在剪裁贴身的高档毛料下，若隐若现。我们就称她为梓怡吧。

梓怡款款说来：我是从国外回来的，我知道心理医生是干什么的。不一定非要出了大问题，比如抑郁症或是要自杀什么的，才来看心理医生。我在一般人眼里很正常，甚至是太正常了。我要求教您的也是一个很正常的问题，就是——我的恋爱为什么总是无疾而终？刚开始交往得好好的，彼此都谈得来。但是深入接触之后，那些男子就都退避三舍了。真的，不是我不愿意，都是他们先打退堂鼓了。您可以想见这样的结局对我的打击有多大，也许说是打击，也不完全准确，更多的是好奇。

我怎么啦？我难道配不上他们吗？我各方面的条件都很优越，说实话，我跟他们交往，已经抱了一种下嫁的姿态。我有国外的文凭，收入很高，自己有房子有车，其他的硬件条件，您也看到了，不是我自夸，真的也是百里挑一呢。而且，我也很会示弱呢！

我有点儿惊奇，轻声重复道：示弱？！

她说：对啊，我会把我的收入打个五折，不然太高了，会让男方自卑。我也会心甘情愿地跟着男朋友到小馆子吃饭，要知道我平日出差，都是五星级酒店呢！我并不怕吃苦，但该让男士有表现绅士风度的机会，我是一定留给他们的……刚交往不久，我就会督促他们给家中的老人买礼物贺生日。倒不是我故意要装出贤惠的样子，实在是我也常常惦念自己的父母，希望大家都能有一颗孝顺之心……您说我做得还有哪些不够呢？真想不明白。

现在，不但是梓怡想不明白，连我也一头雾水了。我想，莫非那些个男子真是有眼无珠，这么好的一个妙龄女子，为什么他们却不知珍惜？

心理咨询需要过程，第一二次见面，我们只能是互相了解，建立彼此信任的关系。临走的时候，梓怡拿出钱夹，说：我要送您一件礼物。我说：你已经按照规定交纳了费用，我不能再接受你的礼物。她微笑着说：这不是一件平常的礼物，您一定要收下。说着，她拿出一张相片。这是她本人的艺术照，照片上的梓怡，更是光彩照人。我只有收下，当面拒绝接受一个人的照片，几乎等于宣战。

咨询的频率是每周一次。在其后几天，我常常会看着梓怡的照片愣神。这样一个容颜姣好的女子，居然很可能寂寞老去，问题究竟出在哪里呢？

终于，我找到了一个方向。梓怡下次来的时候，我说：看来你是很喜欢照相啦？她说：是啊！哪个不喜欢挽留青春呢？我说：如果不保密的话，能不能把你自己的闺房照下来给我看看？特别是墙壁的颜色。她说：这有什么难的！我装修得可精美了，也非常舒适，每个屋子的色彩都不一样。对了，您要这些照片有什么用呢？我开玩笑说：我也要装修房子，猜想你的家一定很有创意，很想学习一下呢。几天后，梓怡用电子邮件把她家的照片发来了。看得出来，她很细心，把边边角角都照了下来，的确是匠心独运，有很多机灵的小点子。其实，我是醉翁之意不在酒。

再下一次我见到梓怡，我说：那些男士离你而去的时间，让我来猜一猜。梓怡说：好啊，心理学家有的时候也兼算命吗？

我说：这和算命无关，只和我的一个小小推断有关。我猜他们先是和你交往了一段时间，彼此感觉都不错。然后你们约会的场所，就从公园、酒吧、咖啡厅等公共场合，转到了比较私密的空间。

梓怡说：您说得一点儿都不错。我们总不能在凛冽寒风中的街上走来走去吧？他们会邀请我到他们家去，但是在关系没有最后确定下来之前，我不愿早早地就见到他们的亲属，那样留给自己选择的余地就比较狭小了。

我希望婚姻这件事的按钮，始终在两个当事人自己的手中，这才有最大的自由。既然他们家不能去，那么到我家就比较合适了。况且，我看到一些教女孩子如何谈恋爱的书籍上写了，约会不要到陌生的地方去，要到自己熟悉的地方。您说，还有什么地方比自己的家更熟悉的呢？在我的家里，我会更安全，也更自在。

我点点头，表示深深地赞同。我说：但是，悲剧接着发生了。当你以为恋爱关系稳步向前推进的时候，男方突然表示撤退了……

梓怡哀戚地说：您如何知道的？正是这样啊……我莫名其妙，不断地追问这到底是为了什么，可他们就是不说，逼急了，就丢出一句：你一定能找到比我更好的人！这叫什么话嘛！推诿逃避，连说一句真话的勇气都没有！梓怡生起气来。实话实说，梓怡就是在生气的时候，也是楚楚动人。

我说：我倒是猜出了一点儿苗头。

梓怡很惊讶，说：您认识他们之中的某一个人吗？

我说：不认识。可我这里有照片。

梓怡真是一个对照片很有兴趣的人，她立刻打起精神，凑过来说：谁的照片？

我把洗出来的照片摊在沙发前的茶几上，梓怡只看了一眼，就说：这有什么可看的？这不就是我发给您的我家的照片吗？

我说：对啊。你的家，你自然是最熟悉的。但最熟悉的东西，你却未必最能认清它。你看看这墙壁……

在所有的墙壁上，都镶有梓怡的大幅照片。有娇媚的，有哀怨的，有若有所思的，有充满期盼的……我说在“所有的墙壁上”，并没有夸张，就连卫生间的马桶上方，都有梓怡的靓照在俯视。在这样的地方如厕，闹不好会排泄不净。

梓怡是聪明女子，她若有所思地说：这有什么不对吗？这是我自己的家啊。

我说：对啊，如果这儿永远只是你一个人居住和观赏，也许问题并不很大。但是，你让另外一个人走进了你的家门，在这样一个高度自恋的氛围中，那个人很可能感到压抑。这里是你的一统天下，没有他人喘息的空间了……

梓怡的故事到此为止，结局大家都可以猜得到。后来，她结婚了，对爱人非常满意。她给我打了一个电话，说：我知道心理医生的规矩是不能和来访者有密切关系的。我如果请您来参加婚礼，我以后有了什么问题，就不好再求您帮助了。所以，为了我以后还能在为难的时候找到您，我就只打了这个电话告诉您我的婚讯。

我说：好啊，祝福你。

直到现在，我再也没有接到梓怡的求助。想来，她一切都还好吧。

如果你有很多美丽的照片，请不要把自己的家变成展示这些照片的“博物馆”。那无意中将是一种排斥他人、唯我独尊的信号，说明你的世界里充满了你，让人却步。高傲自恋的女人，在让人欣赏的同时，会让人远离。男人和女人都对高度自我的人，敬而远之。

玫瑰花盛开在不同的字典里

通常，恋爱中的男生不明白为什么女朋友为了一句话或是一件小事，就吵吵嚷嚷地要分手，或是采取冷战策略，来个不理不睬。

有一次，我在心理诊所接待了一个因为失恋而抓耳挠腮的青年男子，这名男子名叫小耕。小耕开门见山说：我到您这里来，不是为了解决自己的心理问题，只是想请教一下，我采取什么方法才能让女生回心转意。或者说，我不想和您说我自己心里想的是什么，因为我是怎么想的并不重要，重要的是她心里想的是什么。如果您也不知道，您就要帮我猜一猜，她的心思到底是什么。

我看小耕气急败坏、语无伦次的样子，说：她是谁？

小耕说：咱们就叫她乔玉吧。

我说：小耕你先不要急，把情况慢慢说清楚。

小耕和乔玉是一对恋人。在情人节前很久，小耕就答应那一天会给乔玉一个惊喜。乔玉向往地说：你会给我九十九朵玫瑰吗？送到我们公司来，让我也享受一次众人瞩目的光彩！还没等到小耕回答，乔玉又改变主意了，说：算了，我不要那么多了。九十九朵玫瑰太奢华了，只要九朵就好了，不过，一定要包装得特别漂亮啊！小耕满口答应，他虽然出身农村，但现在是一家很大的公司的主管，收入相当不错。

小耕工作很忙，之前没有预订玫瑰。到了2月14日那天，没想到玫瑰花价格疯涨，小耕觉得不值，就没有买。到了傍晚，花房快打烊的时候才去买的。他心想反正也是烛光下的晚宴，花只要是红的，包在朦胧闪光的花纸中，看起来都是一样的。他们已经到了谈婚论嫁的节骨眼儿，他想把每一分钱都节省下来，花在刀刃上，何必被华而不实的花贩子宰呢！

焦急地等了一天的乔玉，终于等来了九朵打蔫的玫瑰花，她火眼金睛，一下就看出小耕买的是处理玫瑰。她还算顾大局，当着众人什么也没说。一出了众人的视线，乔玉立刻把花扔到了地上，大发脾气，踩着花瓣说自己望眼欲穿等来的却是这种货色。那么，在小耕眼中，自己肯定也是处理品，他们的爱情也是处理品，都不配享用上等的玫瑰。说他这样吝啬，以后的日子肯定没法过了。

小耕无限委屈地说——我无论如何想不通，那么多海誓山盟，就抵不过有点儿枯萎的玫瑰花瓣吗?！况且，一般人根本看不出来，她却要这样上纲上线。我也非常伤心，也很生气，心想罢了，像这样小心眼儿爱计较的女生，不要了也罢！但这几天我思来想去，觉得她真是做妻子的最佳人选，很想挽回。我的初步打算是：找一家海南岛的五星级酒店，订下面朝大海的总统客房，然后让那边把房间钥匙先送过来。然后我在这边订下两张机票。当这些步骤都完成以后，我就用快递把房间钥匙和机票都一起送到她的公司，以表达我对她的真情实意。您看怎么样呢？

这表面上是一个问句，但小耕渴望听到赞同回答的表情太明显了，眼巴巴地看着我。实在不忍心给他泼冷水，可正因为出于爱护，我才要讲实话。

我尽量把语速变慢，让他能有个思想准备。我说：请原谅我，我觉得你这个方案不怎么样。

他恼火起来，说：你们女人怎么和我们男人想的就是不一样！

我不计较他的态度，说：首先，一朵玫瑰花，在你的字典里代表着什么？

小耕想也没想就回答说：玫瑰就是玫瑰，一朵花而已。现在的小女生给玫瑰赋予了那么多浪漫和想象，其实都是瞎掰。花就是花，无知无觉，开上一两天就谢了。什么九十九朵玫瑰代表爱情天长地久，全是商家编出来骗人的鬼话。谁上当谁是傻瓜！

我说：我能理解你对玫瑰花的定义。说实话，我很有些赞成你的意见呢。花就是花，很简单。

小耕得到了支持，情绪缓和下来，说：务实的人，都是这种看法。

我说：你的女朋友是怎样看待玫瑰花的？

他说：我知道。在这以前，乔玉说过很多次了。她说：玫瑰花代表着爱情的信物，一个女孩子，要是在谈恋爱的时候，都没有得到过满捧满怀的芬芳玫瑰，就是枉做了一世女子。

我说：你不是说乔玉是做妻子的上好人选吗？如果她天天要你送玫瑰，我看也很靡费呢。

小耕听了老大的不乐意，突然与我反目为仇，说：不允许你这样讲乔玉。她其实是很会过日子的女孩子，只不过要在恋爱的时候要点儿情趣。

这结果，正中我意。我说：对啊。玫瑰花在你的字典里和在她的字典里，是完全不同的含义。玫瑰花盛开在不同的字典里。你觉得那只是一朵普通的花，她却把自己的理想和价值都寄托在里面了。

我说：女子喜爱花，其实历史悠久。远古时代，人们逐水草而居，靠天吃饭，生活很没有保障。如果在住所附近看到了花，就等于看到了希望。因为花谢了以后，就会有果实慢慢膨大起来，再等一些时候，就到了收获的时节。所以，在女人的记忆深处，对花的喜爱，是一种安全和务实的需要。只不过由于时过境迁，大家已经忘记这其中的传承，只记得看到花时那种单纯的欢喜。一般的花，如果美丽，就没有香味。如果有醉人的香气，花瓣就微小黯淡，两者都占全的很少。这也是来自植物的本能，它们要吸引昆虫，要借助风势，才能传播自己的花粉，繁殖后代。通常只要一种手段就够了，花们也就懒得又美丽又芬芳。玫瑰是一个例外，它美艳馥郁，于是就被人们挑选来做了爱情的使者。

人的生活中，需要偶尔的浪漫和奢侈，这也是生命有趣和值得眷恋的理由。我觉得爱情中的人们，有资格稍微浪费一点儿，因为这种时刻毕竟不多啊。

小耕想了想说：我明白了，原来她在玫瑰上寄托了自己的尊严，我买了处理的凋零玫瑰，她就觉得我刺伤了她的尊严。可是，我不是决定改正了吗？我订了豪华客房，表示我不是一个小气鬼。我用特快专递的钥匙和双人机票，表示了歉意，用实际行动来响应她的浪漫主张。这不就挽回了吗？

我直截了当地回答他：此招恐怕不甚可行。理由是——乔玉觉得在玫瑰花上丧失的是尊严感，已经表示和你绝交。现在还没有达成谅解，你就直接寄双人机票给她，这又一次说明你没有尊重她的选择。所以，别看你花了那么多钱，很可能适得其反呢！再有，你说她是个会过日子并不奢靡的女孩，你租了总统客房，以为能讨得她的欢心，这样她就会认为你断定她是个奢华虚荣的女子，我想她也不会乐意。所以，这很可能是一个事倍功半的馊主意。

听我这样一说，小耕有点儿急了，说：这也不行，那也不成，我可怎么办呢？

我说：小耕你不要着急。办法就在你手里，不妨再想想看。我就不相信，恋爱中的人还能想不出和解的法子？你一再说她是个通情达理的女孩，那么，这件事还是有希望的。

小耕想了半天，说：我要郑重地向她道歉，说我从今以后会非常尊重她的意见和想法。如果我承诺的事，就一定做到。如果我有另外的建议，就一定当面向她提出，再不会先斩后奏一意孤行。

我说：试试吧。预祝你好运气！

小耕走了。其后的某一天，我收到了速递来的一袋喜糖，喜袋上用透明胶纸粘了一朵粉红色的玫瑰花。我想，这就是故事的结局了吧。

倾听，是你的魅力

我读心理学博士方向课程的时候，书写作业，其中有一篇是研究“倾听”。刚开始我想，这还不容易啊，人有两耳，只要不是先天失聪，落草也能听见动静。夜半时分，人睡着了，眼睛闭着，耳轮没有开关，一有月落乌啼，人就猛然惊醒，想不倾听都做不到。再者，我做内科医生多年，每天都要无数次地听病人倾倒满腔苦水，鼓膜都起茧子了。所以，倾听对我应不是问题。

查了资料，认真思考，才知差距多多。在“倾听”这门功课上，许多人不及格。如果谈话的人没有我们的学识高，我们就会虚与委蛇地听。如果谈话的人谈得冗长烦琐，我们就会不客气地打断叙述。如果谈话的人所谈言不及义，我们会明显地露出厌倦的神色。如果谈话的人缺少真知灼见，我们会讽刺挖苦，令他难堪……凡此种种，我都无数次地表演过，至今一想起来，无地自容。

世上的人，天然就掌握了倾听艺术的，可说凤毛麟角。

不信，咱们来做一个试验。

你找一个好朋友，对他说，我现在同你讲我的心里话，你却不要认真听。你可以东张西望，你可以搔首弄姿，你也可以听音乐、梳头发……干一切你忽然想到的小事，你也可以顾左右而言他……总之，你什么都可以做，就是不必听我说。

当你的朋友决定配合你以后，这个游戏就可以开始了。你必须拣一件撕肝裂胆的痛事来说，越动感情越好，切不可潦草敷衍。

好了，你说吧……

我猜你说不了多长时间，最多三分钟，就会鸣金收兵。无论如何你也说不下去了。面对着一个对你的疾苦、你的忧愁无动于衷的家伙，你再无兴趣敞开襟怀。不但你缄口了，而且你感到沮丧和愤怒。你觉得这个朋友愧对你的信任，太不够朋友。你决定以后和他渐疏渐远，你甚至怀疑认识这个人是不是一个错误……

你会说：不认真听别人讲话，会有这样严重的后果吗？我可以很负责地告诉你，正是如此。有很多我们丧失的机遇，有若干阴差阳错的信息，有不少失之交臂的朋友，甚至各奔东西的恋人，那绝缘的起因，都系我们不曾学会倾听。

好了，这个令人不愉快的游戏我们就做到这里。下面，我们来做一个令人愉快的活动。

还是你和你的朋友。这一次，是你的朋友向你诉说刻骨铭心的往事。请你身体前倾，请你目光和煦。你屏息关注着他的眼神，你随着他的情感冲浪而起伏。如果他高兴你也报以会心的微笑；如果他悲哀，你便陪伴着垂下眼帘；如果他落泪了，你温柔地递上纸巾；如果他久久地沉默，你也保持缄口不语……

非常简单。当他说完了，游戏就结束了。你可以问问他，在你这样倾听他的过程中，他感到了什么？

我猜，你的朋友会告诉你，你给了他尊重，给了他关爱。给他的孤独以抚慰，给他的无望以曙光。给他的快乐加倍，给他的哀伤减半。你是他最好的朋友之一，他会记得和你一道度过的难忘时光。

这就是倾听的魔力。

倾听的“倾”字，我原以为就是表示身体向前斜着，用肢体语言表示关爱与注重。翻查字典，其实不然。或者说仅仅这样理解是不够全面的。倾听，就是“用尽力量去听”。这里的“倾”字，类乎倾巢出动，类乎倾箱倒箧，类乎倾国倾城，类乎倾盆大雨……总之殚精竭虑毫无保留。

可能有点儿夸张和矫枉过正，但倾听的重要性我以为必须提到相当的高度来认识，这是一个人心理是否健康的重要标志之一。人活在世上，说和听是两件要务。说，主要是表达自己的思想情感和意识，每一个说话的人都希望别人能够听到自己的声音。听，就是接收他人描述内心想法，以达到沟通和交流的目的。听和说像是鲲鹏的两只翅膀，必须协调展开，才能直上九万里。

现代生活飞速地发展，人的一辈子，不再是蜷缩在一个小村或小镇，而是纵横驰骋漂洋过海。所接触的人，不再是几十一百，很可能成千上万。要在相对短暂的时间内，让别人听懂你的话，并且在两颗头脑之间产生碰撞，这就变成了心灵的艺术。

现今鼓励青年励志的书很多，教你怎样展现自我优点，怎样在第一时间给人一个好印象，怎样通过匪夷所思的面试，怎样追逐一见钟情的异性……都有不少绝招。有人就觉得人际交往是一个充满技术的领域，可以靠掌握若干独门功夫就能翻云覆雨的领域。其实，享有好的人际关系，学会交流，听比说更重要。

从人的发展顺序来看，我们是先学着听。我之所以用了“学着”这个词，是指如果没有系统的学习，有的人可能终其一生，都没能学会如何“听”。他可以听到雪落的声音，可他感觉不到肃穆；他可以听到儿童的笑声，可他感受不到纯真；他可以听到旁人的哭泣，却体察不到他人的悲苦；他可以听到内心的呼唤，却不知怎样关爱灵魂。

从婴儿开始，我们就无意识地在听。听亲人的呼唤，听自然界的风雨，听远方的信息，听社会的约定俗成。这是一种模糊的天赋，是可以发扬光大也可以湮灭无闻的本能。有人练出了发达的听力，有人干脆闭目塞听。有很多描绘这种状态的词，比如“充耳不闻”“置若罔闻”……对“闻”还有歧视性的偏见，比如“百闻不如一见”。

听是需要学习的。它比“说”更重要。如果我们没有听到有关的信息，我们的“说”就是无的放矢。轻率的人，容易见面伊始就哇啦哇啦地说，其实沉着安静地听，是人生的大境界。

只有认真地听，你才能对周围有更确切感知，才能对历史有更深刻把握，才能把他人的智慧集于己身，才能拓展自己的眼界和胸怀。

读书是一种更广义的倾听。你借助文字，倾听已逝哲人的教诲。你借助翻译，得知远方异族的灵慧。

倾听使人生丰富多彩，你将不再囿于一己的狭隘贝壳，潜入浩瀚的深海。倾听使人谦虚，你知道了山外有山天外有天；倾听使人安宁，你知道了孤独和苦难并非只莅临你的屋檐；倾听使人警醒，你知道了此时此刻有多少大脑飞速运转，有多少巧手翻飞不息。

倾听是美丽的。你因此发现世界是如此五彩缤纷。倾听是幸福的一种表达，因为你从此不再孤单。

倾听是分层次的。某人在特定的时刻，讲了特定的话。只有当我们心静如水，才能听到他的话后之话。年轻人最易犯的毛病是——他明白所有倾听的要素，也懂得做出倾听的姿态，其实呢，他在想着自己待会儿要说的话。他关注的不是述说者，而是自己。“佯听”是很容易露馅的，只要他一开口讲话，神游天外的破绽就败露了。两个面对面述说的人，其实是最危险的敌人。一切都被心灵记录在案。

倾听是老老实实的活儿，来不得半点儿虚假和做作。倾听是对真诚直截了当的考验。所以，如果你不想倾听，那不是罪过。如果你伪装倾听，就不单是虚伪，而且是愚蠢了。

当我深刻地明白了倾听的本质而不是仅仅把它当成讨好的策略后，倾听就向我展示了它更加美丽的内涵，它无处不在，息息相关。如果你谦虚，以万物为师长，你会听到松涛海啸雪落冰融，你会听到蚂蚁的微笑和枫叶的叹息。如果你平等待人，你的耐心就有了坚实的基础，你可以从述说者那里获得宝贵的馈赠。这就是温暖的信任和支撑。

年轻的朋友们，让我们学会倾听吧。当你能够沉静地坐下来，目光清澄地注视着对方，抛弃自己的傲慢和虚荣，微微前倾你的身姿，那么你就能听到心与心碰撞的清脆音响，宛若风铃。

坦言：心灵的力量

在报上看到两个年轻人的故事。他们非常聪明，是很好的朋友，都有硕士学位，并且在证券业有骄人的成就。其中一位还获得过全国证券交易排行榜第五名。

他们可谓少年得志，面前也有辉煌的前景。受一位朋友的引荐，他们双双接受一家公司的委托，成为国债交易的操盘手。应该说，他们工作很努力，三个月后，他们已经为公司净赚了两百万元。但是，公司一直未与他们签订聘用合同，也没有在提成方面有一个明确的分配。他们内心不平衡，甲就对乙说，咱们给公司赢了那么多，他们对咱们也没有个交代，找个时间把国债做一下，给公司施加一点儿压力。

两个人策划之后，一个自以为得计的阴谋形成了。他们又找到了在武汉也是做操盘手的丙，让他准备一笔三千万元的款子，伺机而动。

约定的日子到了。他们的手法说复杂很复杂，不在其中的人，是绝不能操纵成功的。说简单也简单，就是甲和乙不按常理，在开盘集合竞价的时候，把一只头一天还报一百一十三元卖出的国债，共计四万手，按八十块钱卖出，企图让武汉的丙把它们买下来。最后给公司造成了四百万元的损失。

现在，这两位曾经是才华横溢、前程远大的青年，在铁窗内度着生涯。他们的一生将因此被笼罩在巨大的阴影中。在牢狱中，他们叹息自己不懂法律，付出了惨痛的代价。也许法学家或是金融家能从这一案例当中分析出各种经验教训，在我看来，还有一个极为重要的方面不应被忽视。

这一重大案件的起因，就是因为甲和乙的心理不平衡。他们还不够有经验，在和公司合作伊始，就要把劳务合同和奖惩条例签好，这是他们的一个失误。有了失误可以挽回，他们本可以向公司方面坦陈自己的意见，来个亡羊补牢。可是，他们似乎根本就没有朝这个正确的方向努力，而是一步就迈向了法律所禁止的边缘，开始了犯罪的谋划。

我们常常听到这样的故事。一对年轻人，彼此都很有好感，可是谁都没有勇气表白自己的内心。于是无数的旁敲侧击，无数的委屈误会，无数的试探揣摩，窗户纸始终不能捅破。结果呢，清高占了上风，谁都等着对方说第一句话，最后不了了之。漫长岁月后，都已人到暮年，再次重逢袒露心迹，才知彼此的家庭都不幸福，后悔当年的迟疑。但现实是残酷的，逝去的青春不可能改写，只能存留永远的遗憾。

回想我们的经历，真是有太多时候，我们没有勇气将自己的真实想法和盘端出，我们一厢情愿期待着事物按照我们的想象向前发展。可惜这样的机遇总是十分稀少，不如意者十之八九。一旦失望，要么是退避躲让，要么是走向极端，却忘了一条最直接最简单的捷径，那就是——坦言。

其实那两位年轻的操盘手，如果在走马上任三个月后，认为没有得到相应待遇，心中愤愤，就可以直截了当地提出意见，争取自己的利益。如果公司方面答复不如意，也可以用更坚决、更理智的方法，争取合法权益。可惜啊，他们舍近求远，他们弃易取难，甚至不惜用犯罪这样极端的手段，企图达到一个原本正当的目的。

世上有多少痛苦和支离破碎，是因为双方的故弄玄虚？世上有多少悲剧，是因为误解和朦胧而发生？世间有多少罪恶，是因为隔膜和延宕而萌动？世上有多少流血和战争，是因为彼此的关闭和封锁而爆发？

坦言的“坦”字，在字典里的含义是“平”。把自己想要表达的意见，一马平川地说出来，不遮掩，不隐藏，不埋设地雷，不挖掘壕沟，不云山雾罩，也不神龙见首不见尾……清晰明白，心平气和，这是做人的基本功之一。

坦言常常被误认为缺少城府、涉世不深，其实这是一个天大的误会。在素以严谨著称的外交谈判中，坦率也是一个使用频率极高的词。越是面对分歧和隔阂，越需要开诚布公地坦言。

有人以为坦言是一个技术性的问题，以为掌握了若干讲话的小诀窍，就可游刃有余，其实坦言的基础是一个心理素养的问题。

你要做一个襟怀坦荡、敢于负责的人。坦言不是阿谀奉承的话，也不是人云亦云的话。它是你自我思考的结晶，它将透露你的真实想法，所包含的信息和观点，是你人格的体现。如果你畏葸不前，马首是瞻，那么，你无法坦言。

坦言说起来容易，真正做起来，那过程往往令人不安和焦灼。可能是一个集会或课堂的公开发言，也可能是和你的上司或师长的对谈，可能是面对心仪的异性的首次表白，也可能是因为我们的过失而道歉和忏悔……总之，坦言是一次精神和语言的冒险，其中蕴含着情感的未知和不可预测的反应。

然而，尽管困难重重，我们还是需要坦言。坦言是一种勇敢，因为你面对着世界，发出了独属你的声音；坦言是一种敢作敢当的尝试，因为你们既不是权势的传声筒，也不是旁人的回音壁。无论你的声音多么微弱和幼稚，可那是属于你的喉咙，它彰显了你的独立和思索。

有人以为坦言是不安全的，藏藏掖掖才是老练。我要说，往往你以为最不保险的地方才是最安全的。社会节奏如此之快，你吞吞吐吐，别人怎能知晓你繁复的内心活动？如果说在社会发展缓慢的农耕社会，人们还可以容忍剥茧抽丝、离题万里，那么在现代，坦言简直就是人生的必修课了。

有人以为坦言仅仅是嘴皮子上的功夫，其实不然。有人无法坦言，是因为他不知道自己究竟需要坚守怎样的观点。坦言是建筑在对自己和对社会的深切了解之上的。如果你反对，你就旗帜鲜明；如果你热爱，你就如火如荼；如果你坚持，你就矢志不渝；如果你选择，你就当机立断。

年轻人有一个容易犯的毛病，就是假装深沉。这个责任不在青年，而是我们民族的约定俗成的观念中，不恰当地推崇少年老成。年轻的特点就是反应机敏、头脑灵活、快人快语。如果强作掩沓徐缓之状，那是对青春活力的不敬。说话不在缓急，而在其中是否蕴含真情，富有真知灼见。如果一个老年人言之无物，看他体弱健忘的分上，人们还能有几分谅解的话，年轻人的故作深沉，只能让人生出悲哀。老年人对于新生事物，难以避免倦怠，但一个年轻人，违背天性欲盖弥彰，那简直就是逃避和无能的同义词了。

坦言的核心是自信，是尊重自己也尊重他人。你值得我信任，所以我对你说真话。你可以拒绝我的意见，但不要轻视我的热情。我信任我自己是有价值的，所以我能够直率地面向这个世界。

学会坦言，会对人的一生产生重大的影响。我看过很多应聘成功的例子，那骨子里很多是面对权威的坦言。坦言常常更快地显露你的人品和才华，显露你应变的能力和潜藏的能量。坦言是现代社会人际互动中极富建设性的策略，是一种建立良好情感环境的强大助力。

很多人在开始尝试坦言的时候，常易紧张和失态。

如同一只刚刚出壳的小鸡，感到湿漉漉的寒冷。但是，你一定要坚持下去，你一定会渐渐地熟练。坦言之后，即使被心爱的异性拒绝，也比潜藏着愿望追悔一生要好。即使得罪了昏庸的上级，也比唯唯诺诺丧失了人格要好。因为坦言，我们把自己的弱点暴露在光天化日之下，就更有了改正和提升的动力；因为坦言，我们会结识更多肝胆相照的朋友，会获得更多打磨历练的机遇。

珍惜坦言。那是一种心灵力量的体现。我们的意志在坦言中锤打，变得坚强；我们的勇气在坦言中增强，变得坚定；我们的爱在坦言中经受风雨，变成养料；我们的友谊在坦言中纯粹，变得醇厚。

坦言会让我们失去面纱，得到赤裸裸的真实。世上有很多人是经受不起坦言的，一如雪人不能和春风会面。但是，这正说明了坦言的宝贵。从年轻就学会坦言，那就等于你获得了一棵益寿延年的心理灵芝。你可以在有限的时间内，得到更多行动和交流的自由。

分裂是一种双重标准

分裂是个可怕的词。一个国家分裂了，那就是战争；一个民族分裂了，那就是苦难；一个家庭分裂了，那就是离异。整体和局部分裂了，那就是残缺；原野分裂了，那就是地震；天空分裂了，那就是黑洞。目光分裂了，那就是斜眼；思想和嘴巴分裂了，那就是精神病，俗称“疯子”。

早年我读医科的时候，见过某些精神病人发作时的惨烈景象，觉得“精神分裂症”这个词欠缺味道，还不够淋漓尽致、入木三分。随着年龄的增长和阅历的丰富，这才知道“分裂”的厉害。

分裂在医学上有它特殊的定义，这里姑且不论。用通俗点儿的话说，就是在我们的心灵和身体里，存在着两个司令部。一个命令往东，一个命令往西或是往南，也可能往北。如同十字路口有多组红绿灯在发号施令，诸如车横冲直撞，大危机就随之出现了。

分裂耗竭我们的心理能量，使我们衰弱和混乱。有个小伙子，人很聪明敏感，表面上也很随和，从来不同别人发火。他个矮人黑，大家就给他起外号，雅的叫“白矮星”，简称“小白”；俗的叫“碌碡”，简称“老六”。由于他矮，很多同学见到他，就会不由自主地胡噜一下他的头发，叫一声“六儿”或是“小白”，他不恼，一概应承着，附送谦和的微笑，因而人缘很好。终于，有个外校的美丽女生，在一次校际联欢时，问过他的名字后，好奇地说：你并不姓白，大家为什么称你“小白”？这一次，他面部抽搐，再也无法微笑了。女生又问他是不是在家排行第六？他什么也没说，猛转身离开了人声鼎沸的会场。第二天早上，在校园的一角发现了他的尸体。人们非常震惊，百思不得其解，有人以为是谋杀。在他留下的日记里，述说着被人嘲弄的苦闷，他写道：为什么别人的快乐要建立在我的痛苦之上？每当别人胡噜我头顶的时候，我都恨不得把他的爪子剁下来。可是，我不能，那是犯罪。要逃脱这耻辱的一幕，我只有到另一个世界去了……

大家后悔啊！曾经摸过他头顶的同学，把手指攥得出血，当初以为是亲昵的小动作，不想却在同学的心里刻下如此深重创伤，直到绞杀了他的生命。悔恨之余，大家也非常诧异他从来没有公开表示过自己的愤怒。哪怕是只有一次，很多人也会尊重他的感受，收回自己的轻率和随意。

这个同学表面上的豁达，内心的悲苦，就是一个典型的分裂状态。如果你不喜欢这类玩笑和戏要，完全可以正面表达你的感受。我相信，绝大多数的人会郑重对待，改变做法。当然，可能部分人会恶作剧地坚持，但你如果强烈反抗，相信他们也要有所收敛。那些忍辱负重的微笑，如同错误的路标，让同学百无禁忌，终致酿成惨剧。

如果你愤怒，你就呐喊；如果你哀伤，你就哭泣；如果你热爱，你就表达；如果你喜欢，你就追求。

如果你愤怒，却佯作欢颜，那不但是分裂，而且是对自己的污损；如果你热爱，却反倒逃避，那不但是分裂，而且是丧失勇气；如果你喜欢，却装出厌烦，那不但是分裂，而且是懦弱和愚蠢……

所有的分裂都是要付出代价的。轻的是那稍纵即逝的机遇，一去不复返；重的就像刚才说到的那位朋友，押上了宝贵的生命。最漫长而隐蔽的损害，也许是你一生郁郁寡欢、沉闷萧索，每一天都在迷惘中度过，却始终不知道这是为什么。

一位女生，与我谈起她的初恋。其实恋爱是一个古老的话题，地球上曾经生活过的几百亿人都曾遭逢。但每一个年轻人，都以为自己的挫败独一无二。女生说她来自小地方，为了表示自己的先锋和前卫，在男友的一再强求下，和他同居了。后来，男友有了新欢抛弃了她。在极端的忧虑和愤恨之下，女生预备从化工商店买一瓶硫酸。

你要干什么？我说。

他取走了我最珍贵的东西，我要把他的脸变成蜂窝。该女生网满红丝的眼睛，有一种母豹的绝望。

我说：最珍贵的东西，怎么就弄丢了？

女生语塞了，说：我本不愿给的，怕他说我古板不开放，就……

我说：既然你要做一个先锋女性，据我所知，这样的女性对无爱的男友，通常并不选择毁容。

女生说：可我忍不了。

我说：这就是你矛盾的地方了。你既然无比珍爱某样东西，就要千万守好，深挖洞，藏之深山。不要被花言巧语迷惑，假手他人保管。你骨子里是个传统的女孩，你需尊重自己的选择。如果真要找悲剧的源头，我觉得你和男友在价值观上有所不同。你在同居的时候崇尚“解放”，蔑视传统的规则。你在被遗弃的时候，又祭起了古老的道德。我在这里不作价值评判，只想指出你的分裂状态。你要毁他容颜，为一个不爱你的人，去违犯法律伤及生命，这又进入一个可怕的分裂状态了。人们认为恋爱只和激情有关，其实它和我们每个人的历史相连。爱情并不神秘，每个人背负着自己的世界观走向另一个人。

世上也许没有绝对的对和错，但有协调和混乱之分，有统一和分裂的区别。放眼看去，在我们周围，有多少不和谐不统一的情形，在蚕食着我们的环境和心灵。

我们的身体，埋藏着无数灵敏的窃听器，在日夜倾听着心灵的对话。如果你生性真诚，却要言不由衷地说假话，天长日久，情绪就会蒙上铁锈般的灰尘。如果你不喜欢一项工作，却为金钱和物质埋首其中，你的腰会酸，你的胃会痛，你会了无生活的乐趣，变成一架长着眼睛的机器。如果你热爱大自然，却被幽闭在汽油和水泥构筑的城堡中，你会渐渐惆怅枯萎，被榨干了活泼的汁液，压缩成个标本。如果你没有相濡以沫的情感，与伴侣漠然相对，还要在人前做举案齐眉、恩爱夫妻状，那你会失眠会神经衰弱，会得癌症……

这就是分裂的罪行。当你用分裂掩盖了真相，呈现出泡沫的虚假繁荣之时，你的心在暗中哭泣。被挤压的愁绪像燃烧的灰烬，无声地蔓延火蛇。将来的某一个瞬间，嘭地燃放烈焰，野火四处舔舐，烧穿千疮百孔的内心。

分裂是种双重标准。有人以为我们的心很大，可以容得下千山万水。不错，当我们目标坚定、人格统一的时候，的确是这样。但当我们为自己设下了相左的方向，那相互抵消的劲道就会撕扯我们的心，让它皱缩成团，局促逼仄、窒息难耐。

人是很奇怪的动物。如果你处在分裂的状态，你又要掩饰它，你就不由自主地虚伪。我听一位年轻的白领小姐说，她的主管无论在学识和人品上，都无法让她敬佩，可人在矮檐下，不得不低头。她怕主管发现了自己的腹诽，就格外地巴结讨好甚至谄媚，结果虽然如愿以偿加了薪，可她不快乐、不开心。

我说：你可以只对她表示职务上、工作上的服从和尊重，而不臧否她的人品。

白领小姐说：我怕她不喜欢我。

我说：那你喜欢她吗？

白领小姐很快回答：我永远不会喜欢她。

我说：其实，我们由于种种的原因，不喜欢某些人，是完全正常的事情。不喜欢并不等于不能合作。如果你和你所不喜欢的上司，只保持单纯而正常的工作关系，这就是统一。但要强求如沐春风、亲密无间，这就是分裂，它必然带来情绪的困扰和行动的无所适从，其结果，估计你的主管也不是个愚蠢女人，她会察觉出你的口是心非。

白领小姐苦笑说：她已经这样背后评价我了。

分裂的实质常常是不能自我接纳。我们压抑自己的真实感受，以为它是不正当、不光彩的，我们用一种外在的标准修正自己的心境和行为。这其实是一种自我欺骗，委屈了自己也不能坦然对人。

有人说，找工作时，我想到这个单位，又想到那个机构，拿不定主意。要是能把两个单位的优点都集中到一起，就比较容易选择了。

有人说，找对象时，我想选定这个人，又想到那个人也不错，要是能把两个人的长处都放在一个人身上，那就很容易下定决心了。

当我们举棋不定的时候，通常就处于一种分裂状态。你想把现实的一部分像积木一样拆下来，和另一部分现实组装起来，成为一个虚拟的世界。

这是对真实一厢情愿的阉割。生活就是泥沙俱下，就是鲜花和荆棘并存。尊重生活本来面目，接受一个完整统一的真实世界，由此决定自己矢志不渝的目标，也许是应对分裂的法宝之一。

幸福感的来源是什么？

我曾看过一则新闻：英国有家报社，向社会有奖征答“谁是最幸福的人”，然后排出第一种最幸福的人，是给孩子洗完澡、怀抱着婴儿的妈妈；第二种最幸福的人，是治好了病人并目送他远去的医生；第三种最幸福的人，是在海滩上筑起了沙堡的孩子；备选答案是，写完了著作的最后一个字放下笔的那一瞬间的作家。

看完这则不很引人注目的报道，那一瞬间，我真的像被子弹打中一样，感到极度震惊——这四种状况都曾集于我一身，但是，我没有感觉到幸福！

我为什么没有幸福感？有了这个问号后，我就去观察周围的人，这才发现，有幸福感的人是如此之少。有一年，我拿出贺卡看了看，结果发现最多的是“祝你幸福”，这可能是中国人的集体无意识，所以才会觉得是永远的吉祥话。

可是，幸福的本质是什么东西呢？

日本春山茂雄博士的《脑内革命》一书说：当我们感知幸福的时候，其实是生理在分泌一种内吗啡，即幸福感是体内内吗啡的分泌。从罂粟里提炼的吗啡是毒品，它的魔力正是在于它的分子结构模拟了生理基础上的内吗啡，让你体验到一种伪装的、模拟的快乐。当你觉得真正快乐的时候，例如接到大学录取通知书时，如果去抽血查验体内的生化水平，你的内吗啡水平是增高的。

据春山茂雄研究，人体内吗啡的分泌，和马斯洛“需要层次”的金字塔理论惊人吻合：吃饭能带来愉悦，人在生理基础上是快乐的；然后，在实现安全、爱和尊严的需要的过程中，伴随着更大量内吗啡的分泌，让你感知自己的幸福；最重要的是，当你完成自我实现的时候，内吗啡就到达非常高的水平，远远超出吃饭带来的幸福感。

这种生理和心理的结合，使我觉得，能够体验到幸福感，是一个需要训练、感知且不断提高的过程，因为幸福不是与生俱来的。

我觉得世界上的幸福，首先来自一个坚定的信念。

我常去高校和大学生交流，给我最多的感觉是，他们面临一个非常重要的问题——人生观的确立和价值观的走向，即人为什么活着。

经常有媒体采访我的心理咨询室，最喜欢提的问题是：咨询最多的问题是什么？我说：心理咨询室这张米黄色的沙发如若有知，一定会一次次地听到来访者在问：我为什么活着？我觉得人是追索意义的动物，尤其是年轻人，都曾经无数次地叩问这个问题。

以前，我们喜欢用灌输式的方法，从小将主义、理想或目标灌输给孩子，希望能够在他心中扎下根，成为他一生的坐标。可我现在发现，一个人的目标，一定需要他自己经过艰苦的摸索，然后在心理结构里确立下来，否则，无论我们多么用心良苦、谆谆教导，它真的只是一个外部的东西。

其实，每个人都早早地确立了一生的目标，因为它原本已存在于你的内心：从童年经验开始，你所热爱、尊敬、向往、要为之奋斗的东西，其实早已植根于心里，只不过被许多世俗的东西、繁杂的外界所影响，甚至被遮蔽了。当一个人开始有意识地关注自己的心理健康，那是在清理他的心理结构，然后明白心中取得最主打作用的架构和体系。

我曾在一所非常好的大学做讲座，台下有学生递条子说：毕老师，我想问问你，我年轻貌美，又有这么好的大学文凭，要是不找一个大款把自己嫁了，我是不是浪费了资源？我想，在大学生寻找目标的迷茫过程中，能够有这种朋友式的探讨，是特别重要的。

另外，我觉得自我形象的定位，是幸福感来源非常重要的一部分。

在大学生自我形象的构建里，有一部分是他们的“出身”（阶层）：他们从各种阶层突然聚合到一起，大学虽是个相对小的、封闭的环境，却也是整个社会的缩影，因此，如何看待自己不可选择的出世阶层，这是自我形象非常重要的部分。另外一部分是他们的学业，包括学习的能力、提高智商的能力、人际交往的能力等，可归为自己奋斗来的部分。

然而，还有特别重要的一部分，就是外在条件——长相。

我曾在一所大学做关于自我形象、自我认知的讲座，请台下的学生回答：你们有谁曾经为自己的长相自卑？结果齐刷刷地举手——所有的人都自卑！

我当时一下子不知该如何反应：没料到当代年轻人在相貌问题上，居然有如此大的压力。

我觉得，当一个人不能接纳自己、不能和自己友好地相处的时候，他就不能和别人友好地相处。因为，他对自己都那么百般挑剔、那样苛刻，又怎能和别人有真诚的、良好的沟通与关系？

其实，我挺欣赏基督教里的说法：接受你不可改变的那一部分。我们可以列一列，像出身的阶层、长相及缺陷，这些是我们不可改变的，而我们能够去修炼、弥补和提高的，就是我们可改变的那一部分。

面对一个我们不可改变的东西，该如何对待它，每个人的答案是不一样的，而这个不一样的答案，却可能深刻地影响我们的一生。比如，一个人认为他丑，就认定自己完全会不幸福了，觉得他既然这么丑，有什么权利得到幸福？一个人说他很贫寒，为什么别人可以含着银汤匙出生，而他却含着草根出生？

面对种种不平等，我常跟年轻人说：不平等是社会有机的一部分，而让它变得更为平等，是你义不容辞的责任之一。

首先，你要丢掉幻想，坦然接纳不公平、巨大的差异或先天不良。然后，对于自己可改变的部分，你就要细细地分析，找出自己的优缺点，是优点就让它更好，是缺点就要去弥补，尤其要突出优点，把自己光彩照人的方面表达出来。因为中国文化特别容易告诉你哪里不行，生怕你忘了自己的缺点，而你有什么优点，告诉你的人可不太多，所以要坦然接受自己的优点，将它发扬光大。

心理咨询室来过一位留英硕士，月薪十二万元，可他将自己说得一无是处，弄得我都心酸。我才知道，一个人接不接纳自己，其实不在于外在的条件，也不在于世俗的评判标准，而完全在于他内心框架的衡量。

我通常咨询完了不会给谁留作业，但那天我对这位留英硕士说："我给你留个作业，下星期来见我之前，你要写出自己的十五条优点。"

他快晕过去了，说：我怎么能找到十五条优点呢？

至多也就找出一两条。这个世界上，可能只有您相信我还有优点，我父母都不相信我有优点，所有人都不相信我有优点!

我说：你老板起码相信你有优点吧，否则怎会出月薪十二万元雇你?

他突然在这个事实面前愣了半天，然后说：噢，那我试试看。

所以我觉得，应该去认识自己的长处，将它发扬光大，去接纳那些不可改变的东西。当你能够坦然地面对自己的时候，其实也就可以坦然地面对世界——放下包袱后，你才可以轻装前进。

费尔巴哈说过："你的第一责任是使你自己幸福。你自己幸福了，你也就能使别人幸福，因为，幸福的人愿意在自己周围只看到幸福的人。"

常常听到有人说，他不幸福，希望别人给他幸福。我想，这就是他不幸福的根源。

你为什么而活着？

我有过若干次讲演的经历，在北大和清华，在军营和监狱，在农村干坯搭建的课堂和美国最奢华的私立学校……面对从医学博士到纽约贫民窟的孩子等各色人群，我都会很直率地谈出对问题的想法。在我的记忆中，有一次经历非常难忘。

那是一所很有名望的大学，约过我好几次了，说学生们期待和我进行讨论。我一直推辞，我从骨子里不喜欢演说。每逢答应一桩这样的公差，就要莫名地紧张好几天。但学校方面很执着，在第N次邀请的时候说：该校的学生思想之活跃甚至超过了北大，会对演讲者提出极为尖锐的问题，常常让人下不了台，有时演讲者简直是灰溜溜地离开学校。

听他们这样一讲，我的好奇心就被激起来，我说：我愿意接受挑战。于是，我们就商定了一个日子。

那天，大学的礼堂挤得满满的，当我穿过密密的人群走向讲台的时候，心里涌起怪异的感觉，好像是“文革”期间的批斗会场，不知道今天将有怎样的场面出现。果然，从我一开始讲话，就不断地有条子递上来，不一会儿，就在手边积成了厚厚一堆，好像深秋时节被清洁工扫起的落叶。我一边讲，一边充满了猜测，不知道树叶中潜伏着怎样的思想炸弹。讲演告一段落，进入回答问题阶段，我迫不及待地打开堆积如山的纸条，一张张阅读。那一瞬，台下变得死寂，偌大的礼堂仿若空无一人。

我看完了纸条说：有一些表扬我的话，我就不念了。除此之外，纸条上提得最多的问题是——“人生有什么意义？请你务必说真话，因为我们已经听过太多言不由衷的假话了”。

我念完这个纸条以后，台下响起了掌声。我说你们今天提出这个问题很好，我会讲真话。我在西藏阿里的雪山之上，面对着浩瀚的苍穹、壁立的冰川，如同一个茹毛饮血的原始人，反复地思索过这个问题。我相信，一个人在他年轻的时候，是会无数次地叩问自己——我的一生，到底要追索怎样的意义？

我想了无数个晚上和白天，终于得到了一个答案。今天，在这里，我将非常负责地对大家说，我思索的结果是：人生是没有任何意义的！

这句话说完，全场出现了短暂的寂静，如同无人的旷野。但是，紧接着就响起了暴风雨般的掌声。

那是我在讲演中获得的最激烈的掌声。在以前，我从来不相信有什么“暴风雨般的掌声”这种话，觉得那只是一个拙劣的比喻。但这一次，我相信了。我赶快用手做了一个“暂停”的手势，但掌声还是绵延了若干时间。

我说：大家先不要忙着给我鼓掌，我的话还没有说完。我说人生是没有意义的，这不错，但是——我们每一个人要为自己确立一个意义！

是的，关于人生的意义的讨论，充斥在我们的周围。很多说法，由于熟悉和重复，已让我们从熟视无睹滑到了厌烦。可是，这不是问题的真谛。真谛是，别人强加给你的意义，无论它多么正确，如果它不曾进入你的心理结构，它就永远是身外之物。比如我们从小就被家长灌输过人生意义的答案。在此后漫长的岁月里，谆谆告诫的老师和各种类型的教育，也都不断地向我们批发人生意义的补充版。但是，有多少人把这种外在的框架，当成了自己内在的标杆，并为之下定了奋斗终生的决心？

那一天结束讲演之后，听到有同学说：我觉得最大的收获是听到有一个活生生的中年人亲口说，人生是没有意义的，你要为之确立一个意义。

其实，不单是中国的青年人在目标这个问题上飘忽不定，就是在美国著名学府哈佛大学，也有很多人无法在青年时代就确立自己的目标。我看到一则材料，说某年哈佛的毕业生临出校门的时候，校方对他们做了一个有关人生目标的调查，结果是百分之二十七的人，完全没有目标；百分之六十的人目标模糊；百分之十的人有近期目标；只有百分之三的人有着清晰而长远的目标。

二十五年过去了，那百分之三的人不懈地朝着一个目标坚韧努力，成了社会的精英，而其余的人，成就要相差很多。

我之所以提到这个例子，是想说明在人生目标的确立上，无论中国还是外国的青年，都遭遇过相当程度的朦胧或是混沌状态。有人会说，是啊，那又怎么样？我可以一边慢慢成长，一边寻找自己的人生意义啊。我平日也碰到很多青年朋友，诉说他们的种种苦难。我在耐心地听完那些折磨他们的烦心事之后，把他们乞求帮助的目光撇在一旁，我会问，你的人生目标是什么呢？

他们通常会很吃惊，好像怀疑我是否听懂了他们的愁苦，甚至恼怒我为什么对具体的问题视而不见，而盘问他们如此不着边际的空话。更有甚者，以为我根本就没有心思听他们说话，自己胡乱找了个话题来搪塞。

我会迎着他们疑虑的目光，说：请回答我的这个问题，你为什么而活着呢?

年轻人一般会很懊恼地说：这个问题太大了，和我现在遇到的事没有一点儿关联。我会说，你错了。世上的万事万物都有关联。有人常常以为心理上的事只和单一的外界刺激有关，就事论事，其实心理和人生的大目标有着纲举目张的紧密接触。很多心理问题，实际上都是人生的大目标出现了混乱和偏移。

举个例子。一个小伙子找到我，说他为自己说话很快而苦恼。他交了一个女朋友，感情很好，但女孩子不喜欢他说话太快。一听他口若悬河滔滔不绝地说个没完，女孩就说自己快变成大头娃娃了。还说如果他不改掉这毛病，就不能把他引荐给自己的妈妈，因为老人家最烦的就是说话爱吐唾沫星子的人。

你说我怎么才能改掉说话太快的毛病？他殷切地看

着我，闹得我都觉得如果不帮他这个忙，简直就成了毁掉他一生爱情和事业的凶手。

我说：你为什么要讲话那么快呢？

他说：如果慢了，我怕人家没有耐心听完我的话。您知道，现在的社会节奏那么快，你讲慢了，人家就跑了。

我说：如果按照你的这个观点发挥下去，社会节奏越来越快，你岂不是就得说绕口令了？你的准丈母娘就不是这样的人啊，她就喜欢说话速度慢一点儿并且注意礼仪的人啊。

他说：好吧，就算你说的这两种人都有，但我还是觉得说话快一些，比较占便宜，可以在单位时间内传达更多的信息。

我说：那你的关键就是期待别人能准确地接受你的信息。你以为只有快速发射信息才是唯一的途径。你对自己的观点并不自信。

他说：正是这样。我生怕别人不听我的，我就快快地说，多多地说。

当他这样说完之后，连自己也笑起来。我说：其实别人能否接受我们的观点，语速并不是最重要的。而且，你能告诉我，你为什么这样在意别人是否能接受你的观点？

这个说话很快的男孩突然语塞起来，忸怩着说：我把理想告诉你，你可不要笑话我。

我连连保证绝不泄密。他说：我的理想是当一个政治家。所有的政治家都很雄辩，你说对吧？

我说：这样咱们就接触到了问题的实质。要当一个政治家，第一要自信。他们的雄辩不是来自速度，而是来自信念。一个自信的人，不论说话快还是慢，他们对自我信念的坚守流露出来，会感染他人。我知道你有如此远大的理想，这很好。你要做的事，不是把话越说越快，而是积攒自己的力量，让自己的信念更加坚强。

那一天的谈话就到此为止。后来，这个男生告诉我：他讲话的速度慢了下来，也被批准见到了自己的准丈母娘，听说很受欢迎。

这边刚刚解决了一个说话快的问题，紧接着又来了一位女硕士，说自己的心理问题是讲话太慢，周围的人都认为她有很深的城府，不敢和她交朋友，以为在她那些缓慢吐出的话语背后，隐藏着怎样的阴谋。

我试了很多方法，却无法让自己说话快起来，烦死了。她慢吞吞地对我这样说，语速的确有一种压抑人的迟缓，好像一句话的背后还隐藏着另一句话。

我看她急迫的神情，知道她非常焦虑。

我说：你讲每一句话是否都要经过慎重的考虑？

她说：是啊。如果不考虑，讲错了话，谁负得了这个责？

我说：你为什么特别怕讲错话？

女硕士说：因为我输不起。我家庭背景不好，家里有人犯了罪，周围的人都看不起我们；家里很穷，从小靠亲戚的施舍我才能坚持学业。我生怕一句话说差了，人家不高兴，就不给我学费了。所以，连问一句“你吃了吗？”这样中国人最常说的话，我也要三思而后行。我怕人家说，你连自己的饭都吃不饱，也配来问别人的吃饭问题。

听到这里，我说：我明白了。你觉得自己的每一句话都可能引致他人的误解，给自己造成不良影响。

女硕士连连说：对对，就是这样的。

我笑了，说：你这一句话说得并不慢啊。

她说：那我是相信您不会误会我。

我说：这就对了。你说话速度慢，不是一个技术性的问题，是你不能相信别人。你是否准备一辈子都不相信任何人？如果是这样的话，我断定你的讲话速度是不会改变的。如果你从此相信他人，讲话的速度自然会比较适宜，既不会太慢，也不会太快，而是能收放自如。

那个女生后来果然有了很大的改变，她的人际关系也有了进步。

今天我们从一个很大的目标谈起，结果要在一个很小的地方结束。我想说：一个人的心理是一座斗拱飞檐的宫殿，这座宫殿的基础就是我们对自己人生目标的规划和对世界对他人的基本看法。一些看起来是技术和表面的问题，其实内里都和我们的基本人生观有着千丝万缕的联系。心理问题切不可头痛医头脚痛医脚，那样如同创可贴，只能暂时封住小伤口，却无法从根本上让我们的精神强健起来。

接受和自己不同的人生状态

宽容就是允许别人有判断和行动的自由。对不同于自己的观点和行为，哪怕已经预见到了一切危险的结局，也依然耐心地公正地等待。

这一点，好难啊。可能是当过临床心理学家的缘故，听过很多人的故事，知道很多人的结局，这也就让我的人生，在某种程度上记住了很多人的经验。我没有更精湛的远见卓识，只是像一只老啄木鸟，敲击的树干比较多了，对哪里有虫子，判断力稍好。

最常有的悲哀，是看到危险渊薮，而当事人还以为是一马平川，逍遥向前。我大声疾呼警示危险，但人们闭目塞听悠哉走去，令我惆怅叹息。时间久了，我也咽喉嘶哑，对明知不可为而为之的耐心，渐渐削减。

更多的时候，因为当事人并没有征询我的意见，我也不能挺身而出干涉他人的生活，眼睁睁地看着列车出轨，人仰马翻。

人要想慈悲地输出智慧，不自作多情，也不是容易事。这种时刻，让我焦灼。

时间久了，也想明白了。不能以为焦虑不安就是贡献力量的一种方式，这是弄巧成拙，既帮不了别人，也毁了自己的欢愉。

焦虑本身并不是竭尽全力的表达，只是不良心理状态的折磨。其实，人生并没有一定的对错之分。生命是一个过程，万丈红尘、万千气象都是常态。宽容就是接受和自己不同的人生状态，并不歇斯底里。

图书在版编目（CIP）数据

心灵的万千气象 / 毕淑敏著. — 北京 : 生活书店出版有限公司, 2019.5
（我们的心灵）
ISBN 978-7-80768-273-8
Ⅰ. ①心… Ⅱ. ①毕… Ⅲ. ①散文集－中国－当代 Ⅳ. ① I267
中国版本图书馆CIP数据核字(2018)第237604号

策 划 人　李　娟
责任编辑　李　娟
装帧设计　视觉共振设计工作室
责任印制　常宁强
出版发行　生活書店出版有限公司
（北京市东城区美术馆东街22号）
邮　　编　100010
经　　销　新华书店
印　　刷　河北鹏润印刷有限公司
版　　次　2019年5月北京第1版
2019年5月北京第1次印刷
开　　本　787毫米×1092毫米 1/32 印张7.75
字　　数　116千字
印　　数　00,001–20,000册
定　　价　40.00元
（印装查询：010–64052066；邮购查询：010–84010542）

毕淑敏作品系列

散谈四弦

《心理医生附耳细说》

《教养的关系花园》

《我喜欢辽阔的地方》

《写下你的墓志铭》

我们的心灵

《与自我狭路相逢》

《心灵的万千气象》

《修养情绪的处方》